몬
순

일본어 번역 권택명
1950년 경북 경주에서 태어나 1974년 《심상》으로 등단한 시인이자 번역가이다. 펴낸 책으로 시집
『첼로를 들으며』, 『예루살렘의 노을』 번역서『하얀 가을』, 『한국의 율리시즈 김광림』, 『제비둥지가 있는
집의 침입자』 등이 있다. 현재 한국시인협회 교류위원장을 맡고 있다.

중국어 번역 김상호
1961년 한국시인협회장을 지낸 김광림 시인의 셋째 아들로 태어났고 현재 타이완 슈핑(修平)과학기술
대학교 중문학과 교수로 재직 중이다. 리쿼이셴(李魁賢)의 시집 『노을이 질 때(黃昏時刻)』 등을 한국어로
소개한 것을 비롯, 타이완현대시인협회 이사로 활동하면서 한국과의 문학교류에 많은 이바지를 하
고 있다.

말레이시아어 번역 이연
한국외국어대학교에서 말레이-인도네시아어를 전공하고 한국외국어대학교 일반대학원에서 인도네
시아 현대문학을 전공하여 석사학위를, 국립 인도네시아 대학교에서 박사학위를 취득했다. 현재 한국
외국어대학교 말레이-인도네시아어과에서 강의하고 있다. 저서로는 『인도네시아 문학의 이해』(공저)
등과 번역서로 『발리의 춤』, 『먼지위의 먼지』 등이 있다.

몬순

2017년 12월 29일 초판 1쇄 펴냄

펴낸곳 도서출판 삼인

지은이 고형렬 외
펴낸이 신길순

등록 1996.9.16 제25100-2012-000046호
주소 03716 서울시 서대문구 연희로 5길 82(연희동 2층)

전화 (02) 322-1845
팩스 (02) 322-1846
전자우편 saminbooks@naver.com

디자인 디자인 지폴리
인쇄 수이북스
제책 은정제책

ISBN 978-89-6436-136-8 03800

값 12,000원

몬
순

삼인

언어의 경계를 관통하는 몬순의 힘 김기택

『몬순』 창간호에 실린 세 나라 열다섯 시인의 시와 산문을 읽으며 '몬순'이라
는 말에 대해 다시 생각한다. 몬순은 국경도 언어도 없이 자유롭게 대지와 대기권
을 넘나드는 열대성 바람이다. 바람과 비와 구름과 열이 결합하고 흩어지고 밀고
당기면서 끊임없이 움직여서 대기를 숨 쉬게 하고 공기를 떨판처럼 떨게 하고 대
지를 적셔 몸을 가진 것들을 생동하게 한다. 몬순은 따뜻한 온기와 습기로 생명이
숨 쉬고 약동하게 하지만 기압과 만나면 엄청난 힘이 되어 오염된 대양과 대기를
뒤집어 정화시키기도 한다. 열다섯 시인의 글들에는 이 자유분방하고 역동적이고
쉴 줄을 모르며 지구와 대기권을 살아 있게 만드는 몬순의 힘이 느껴진다. 창간호
의 글들을 움직인 분노와 절망, 즐거움과 환희, 사유와 통찰은 몬순과 같은 힘찬
운동이며 생명과 정화와 아름다움을 향해 가는 기운이다.

국가나 사회를 이끌어가는 동력은 정치·경제와 같은 큰 힘에 있지만, 그것이
개인의 내밀하고 고독한 내면에서 일어나는 일을 일일이 다독거려 줄 수는 없다.
사회는 개인을 보호하기는 하지만, 커다란 사회적인 힘들이 부딪치는 과정에서

개인의 내면은 소외되거나 치명적인 상처를 일상적으로 받기도 한다. 비슷한 경험을 한 이들이 서로 소통하면서 아픔과 즐거움을 나누는 일은 개인의 내면을 치유하고 건강하게 회복하는 일이다. 예술이나 문학은 주로 그런 일을 담당한다. 몬순은 언어 이전에 내면에서 소통하는 자연의 힘이다. 그 힘은 거대하지만 뿌리 하나 잎 하나에도 스며서 생기를 불어넣는다.

『몬순』 창간호의 시들을 읽으며 시가 직관과 감성과 정서로 통용되는 공용어임을 다시 실감하게 된다. 시는 불가피하게 언어를 쓰지만 그 언어는 추상화와 관념화의 작용에 저항하는 위반의 언어이며 몸에 가까운 원초적인 언어다. 의사소통을 위해 언어를 쓰면 사물은 기호로 굳어지고 인간은 자연과 분리되지만, 시는 언어의 이런 작용을 넘어서려 한다. 시는 언어의 기호 작용을 넘어 몸, 자연, 사물 그 자체가 되려고 해 왔고, 그 상상력을 가두는 틀과 개념에 고정되지 않기 위해 애써 왔다. 사물이고 생물이며 인간 그 자체인 시의 언어는 몬순과 같이 호흡하는 생명체이므로 끊임없이 의미와 범주와 개념의 구속을 벗어나려 한다. 번역이라는 장애에도 불구하고 사물의 언어, 생명체로서의 언어를 쓴다는 점에서 세계의 시인은 하나의 언어를 쓴다는 유대감이 형성되는 것이다.

『몬순』 창간호에서는 특히 원전 사고 이후의 삶을 살고 있는 일본 시인들의 시가 아프게 다가왔다. 시바다 산키치의 〈손바닥의 사과 – 원전 시편 · 2011~2014〉는 세슘에 노출된 환경에서 사는 사람들의 마음을 조마조마하게 들여다보게 한다. 그 치명적인 독은 "끝없이 뒤쫓아 온다/ 마음속, 소중하게 간직해둔 기쁨에까지/ 똑바로 침투해올 것이다/ 빛나는 비, 푸르고 흰 바람/ 눈에 보이는, 투명한/ 물질이 되어". 생명의 물이, 단맛이 풍부한 사과가, 산책자의 마음을 깨끗하게 씻어 주었던 가을 풍경이 무시무시한 독으로 돌변하여 꿈속까지 쫓아오는 환경에서 사는 이들의 마음은 어떤 모습일까. 도망갈 곳도 기댈 곳도 없는 마음들은 내면을 실컷 괴롭힌 후에 언어를 입고 시가 되어 나왔으리라. 이 시는 한국에서 쓸 시를 미리 보는 것 같은 섬뜩한 느낌, 우리가 앞으로 느낄 불안과 공포를 앞당겨 느끼게 해 주는 것 같은 불길한 실감을 주고 있다. 시는 엄청난 재앙 앞에서 무기력해 보인다. 그러나 시가 우리의 내부에서 몬순의 신성하고 순수한 힘을 깨우고 일어나게 하기를 기대한다.

　『몬순』은 세 나라 열다섯 시인이 뜻을 같이 하여 서울과 베이징과 도쿄에서 동시에 출간했다는 사실이 갖는 의미가 커서 창간호만 내더라도 그 의의가 작지 않을 터인데, 두 번째 동인지까지 동시 출간을 하게 되어 그 기쁨이 배가 되었다. 앞으로 회를 거듭할수록 몬순의 힘이 자유롭게 경계를 드나들며 대지와 대기, 대양의 가장 깊은 곳까지 들어가 운동하고 작용하고 숨 쉬며 서로 다른 시인들을 하나로 연결시키는 강력한 힘을 발휘하기를 기대한다.

꿈의 바람에 실려 온 것 사소 겐이치(佐相憲一)

2015년의 국제연합 자료에 따르면, 한국·중국·일본의 인구는 196개국 중 어느 나라든 많은 쪽에서 25위 이내이다. 각각 약 4천8백만, 약 13억5천만, 약 1억2천6백만 명이다. 중국은 세계 인구의 5분의 1이상을 점하고, 국토가 넓지 않은 일본은 그 인구가 엄청난 편이며, 한국과 같은 민족이 사는 북한도 2천4백만 명으로, 세계에서 48번째로 인구가 많다. 한국·중국·일본의 인구 합계는 15억 명을 넘어서고 있다. 세계를 살펴볼 때 아시아의 이 지역에는 특히 많은 사람들이 살고 있다고 할 수 있다. 동아시아뿐만 아니라, 동남아시아·남아시아 등 아시아 전체가 대체로 많은 인구를 보유하고 있다.

어느 나라든 인구가 많다는 것은 반드시 좋은 일만은 아니며, 곤란한 것도 여러 가지 있을 것이다.

계절풍, 우기와 건기, 사계. 은혜로운 비도 있지만 집중호우로 무언가가 파괴될 때도 있다. 바람에 민감한 감성이 마음의 바다나 숲에 형성되어 있다면, 역사의 풍상을 견뎌온 삶의 토양은, 꿈의 바람에도 풍부한 감수성을 가질 수 있게 할 터이다.

국가 인구의 집단적 관점은 정치·경제 분야에서는 논의의 한 축이 될 것이겠지만, 그것과는 또 다른 관점에 서서, 한 사람 한 사람 생명의 목소리가 퍼져 가는 것이나 아픔을 소중하게 듣고 발신하는 것은, 시 문학을 비롯한 문화 예술의 역할이다. 사람의 이야기는 숫자로 해소할 수 없는 육체성과 체온을 지니고 있다. 개별적이면서 동시에 보편성으로 이어지는 것. 그와 같은 것을 추구하며 인간은 문학을 애호하는 것이리라. 거기에는 삶과 죽음 양쪽의 바람이 불고, 풍성한 것을 싹트게 한다.

〈몬순〉(계절풍)이라는 상징적인 동인지명을 붙인 국제 시동인지가 창간된 지 2년째를 맞는다. 한국판·중국판·일본판으로, 각각 세상에 나온 창간호는 대체적으로 호평이었다고 말해도 좋으리라. 이와 같은 첫 시도에 대한 기대와 신선함은 물론, 내용도 다양하게 읽혀서, 공감의 목소리가 전해져 오고 있는 것을 기쁘게 생각한다. 일본어판도 《주니치(中日)신문》, 《도쿄(東京)신문》, 《홋카이도(北海道)신문》, 《교토(京都)신문》, 《아카하타(赤旗)신문》, 《주간 기타카미(北上)》, 《교토민포(京都民報)》 등에 기사가 게재되어 주목을 받았다. 동인 개인들에게도 읽은 사람들로부터 적극적인 감상과 그 이후의 교류가 이어지고 있다.

참가 동인의 한 사람으로서, 창간호를 읽어 주신 각지의 독자 한 분 한 분께 깊은 감사의 말씀을 드린다.

한글의 땅, 한자의 땅에서 탁월한 시와 산문을 기고해 주신 10명의 시인들, 나와 같이 일본어를 사용하는 4명의 시인들에게는, 진심으로 경의를 표한다.

〈창간사〉 중에서 인상적이었던 부분을 재인용하고자 한다.

"〈몬순〉이 다수 이웃들의 아픔을 함께 하며, 반인간적인 기도企圖와 행위에 반대하면서, 이해와 비교를 통한, 새로운 시각과 자기 형성을 탐색하는, 아시아 시단이 되기를 간절히 바란다." (고형렬)

"이 번잡한 세상 앞에서, 예술은 우리들에게 자신의 마음과 조용히 대화하는 방법을 발견하게 한다. 이 대화 가운데서 우리는 생명을 체험하고, 한 발 한 발 최고의 경지에 도달한다. 이 현실적인 세상에서 예술은 우리에게 그와 같은 가능성

을 제시해 주었다"(린망)

"시 〈몬순〉의 시도는 3개국 15명의 시인들이, 내셔널리즘을 넘어 시인 개인의 감수성과 시적 정신의 존재를 추구하는 장이 되리라"(스즈키 히사오)

그리고 지금, 다시 『몬순』에 작품을 통해 모인 3개국 거주 14명의 시인들. 이번 2호에서는 각자가 창간호의 작품에서, 각각 다른 2개국 시인들을 지정하여 평을 하고 있다. 외부 독자와의 마음의 교류뿐만 아니라, 동인 간의 국제 교류에도 나선 것이다.

이 꿈의 바람은 분명 또한 새로운 무언가를 실어 가리라. 셀 수 없는 마음의 계절, 그 향내를 풍기면서. (2016년 3월)

차
례

일러두기
중국 측 동인들의 개인적인 사정으로 창간호에 참여했던 동인 일부가 빠지고 2호부터 새로운 멤버가 합류했습니다. 그 과정에서 중국 측의 출간사와 산문 원고를 이번 동인지에는 싣지 못하게 되었습니다. 독자 여러분의 해량 바랍니다.

한국

고형렬 ― 김기택 ― 나희덕 ― 심보선 ― 진은영

고형렬

1979년 《현대문학》을 통해 작품 활동을 시작했다. 시집으로 『대청봉 수박밭』 『성에꽃 눈부처』 『나는 에르덴조 사원에 없다』 『유리체를 통과하다』, 장시 『리틀 보이(Little Boy)』 『붕(鵬)새』, 산문집으로 『은빛 물고기』 『등대와 뿔』 등이 있다.

소켓과 기억

그 동안 벽체 속의 모든 내선이 불타 버렸다

희미한 빛 속엔 슬픈 상흔이 따라 나오기 마련이다
소통이 불통으로부터 소외되듯
그는 늘 눈 내리는 저녁의 내게 도착하지 못했다

직렬로 연결된 모든 것을 거부했기 때문이다
소켓에서 딸깍 하는 소리 직전의 마음은
기억하지 못하는 먼 과거의 그 책에
강제 편집되었다

다시 기억의 소켓에서 먼지들이 부유를 시작한다
빛이 계량기를 돌리고 가는 동안
유아기의 시는 사라지고 지구는 멈추었다

동그란 기억의 비밀이 항상 머리 위에 걸려 있던
검은 소켓, 이상한 빛의 냄새가 났던 눈동자 속
피복되지 못한 필라멘트

저쪽 벽 사구 오구 육구 콘센트 구멍 속으로
기어들어 가는 기억의 벌레들
모든 언어는 그 구멍 속으로 사라져 적막이 되었다

－ 그 후, 하나의 주제로 끌려가는 말들이 싫었다
이 시와 관계있는 체제가 싫었다
말을 이어갈 수 있는 다른 언어를 찾아가다가
어디론가 새어 나와 가 버린 빛
돌아갈 곳이 없다

허공에 붙인 콘센트 가장 아래쪽 기억의 끝에다
기억의 구멍을 뚫든 망각의 불을 켜든
어디서도 자신인 자아들

그 빛은 다시 오지 않았다, 허공에서 기다렸지만
방마다 걸려 있는 나의 슬픈 얼굴은
오염되었다
빛의 쓰레기와 빛의 세균들을 위해
몸에서 나는 오늘, 모든 플러그를 잡아 뽑았다

말들이 사회에서 도망간 곳

우리가 죽을 때 도망간 말들이 앞장서리
영혼이 사자들에게 인도되리
쓸데없는 것들이 널려 있는 도시의 상공으로

어떤 부장품도 전광판도 없는
멀리 저승 바닷가 첫새벽의 해가 막 떠오르는
이쪽 아침 거리
십 년씩 백 년을 백 년을 초속으로 달려간다
그러지 않은 시간은 행복한 시간

그곳은 이 세계로부터 도주한 곳
그 물가에서
이승의 새파란 잎이 이슬에 얼굴을 대 보느라
입술을 베이고 있다
갑자기 눈에서 물과 빛이 돌고
아이는 어미의 검은 눈을 찢고 태어난다

그 아이를 두고 나의 죽음은 그곳을 지나간다
촉촉한 상공의 그늘
햇살들이 생의 기억처럼 한곳에 모여 있는
그 사회에서 도망쳤던
그 말들과 함께 모든 시간과 꿈을 던져 놓은 채

빛은 그들을 마중하고 말은 빛 속에 숨는다

노스캐롤라이나 호
― 2016년 5월 중순쯤

서울의 군사적 이데올로기에서 벗어나려면
연애를 해라
늙은 시인이여 젊은 교수여 젊은 여자와 함께

연애를 계속하려면 결혼하지 말아야 한다
살에 대해 감정에 대해 말에 대해 관찰하라
가급적
한국 시여, 모든 것으로부터 해방되길 바란다면
서로 여자와 남자에게 빠져야 한다
빠져나올 수 없을 정도로 능통해야 한다

우리는 너무 비본능적으로 사랑하지 않았을까
모든 사랑은 범죄 혐의가 있다
너무 짧은 사랑을 시적으로 사랑했기 때문에
모든 언어는 헤어지고 말았지
꽃 같은 아이라도 하나 낳고 가야 하지 않을까

적개심과 이데올로기의 잔가지를 버리고
그 여자 집을 찾아가라
아직도 시행을 이동 배치 하는가 그의 시가
아직도 외세를 걱정하고 있는가

가난과 추위, 쓰라림과 공포로부터 벗어난다면?
미래의 불안 이데올로기에서 벗어나려면?
죽음 밖 스텔스기 천정에 있는 것은 무엇일까

역사 중독증을 앓는 오늘이 그때의 우리들이다
서울, 아침 부산, 속초, 다시 밤 평택
늦기 전에 연애를 선언해야겠다
죽을 때까지
일생을 함께 사색할 여자는 준비됐는가
그 속에 잠시 유쾌한 발언의 시행은 가능할까

꽃이 핀다, 내일이 없는 꽃들이 죽는다
신인들에게 세월은 더 빠르게 흘러갈 것이며
사랑은 사랑 안에서 눈을 감게 될지라도
연애를 하면 모든 것을 잊을 수 있다
여자에게만 집중할 수 있다

불행하게 오키나와도 미야자키도
워싱턴도 평양도 모르는 것을 나는 혼자 안다
나의 여자여 그대는 더 아름다워져야만 한다

문명의 입구에서

『몬순』 창간호에 실려 있는 시바타 산키치의 시는 극도로 긴장되어 있다. 어떻게 한 나라에 원자폭탄이 투하되고 다시 원전 사고가 일어날 수 있는지를 자책하고 질문한다.

앞으로 선진국 어느 나라의 노후 원전에서 사고가 일어나지 말라는 법은 없다. 특히 중국의 동남 해안과 한국의 부산, 울산 지역은 매우 불안정한 정황과 실태에 노출되어 있다. 어느 조용한 아침, 긴급 뉴스가 터지고 세상은 아수라장이 될 것 같은 불안을 떨쳐 버릴 수가 없다.

한 아이의 추억과 미래를 위해 문명의 입구에 새겨야 할 구절이 있다.

"신으려고 한 것인가/ 벗어 버린 것인가/ 현관에 나뒹굴어진 채 있는/ 사내아이의 운동화// 무성한 손가락, 집을 끌어안는 뜰/ 텅 빈 새장"(〈소멸〉 부분).

"언어를 초월한 장소에서 서로 연결될 수 있는 가능성을 느끼는"(〈공동성을 찾는 여행〉) 일 년 전 시인의 말을 다시 읽는다. 나는 선진국 도처에 억제된 폭음을 들으며 그 빛을 미래 속에 감추고 싶었다. 이 시가 지닌 소음消音의 고요함은 전율적이다. 2011년 그 전의 그 일본 아이 집을, 짧아지는 가을 햇살을 데리고 찾아가고 싶다.

도쿄의 시바타 산키치 시인은 가장 짧은 일본어로 압축한다. 히로시마에서 만나 함께 온도로 갔던 시인은 2011년 이후 점점 치열해졌다. 경추 헤르니아를 치료하면서 '원전原電시편·2011-2014' 연작에 집중한 결과, 최근 뜻깊은 문학상을 수상했지만, "아무도 본 적이 없는" "마지막 인형"(〈나의 마트료시카〉 부분)을 꼭 찾아 우리에게 보여 주기 바란다. 나는 시바타 산키치 시인에게 그의 〈소멸〉에 대해 이렇게 화답한다.

"시민들은 다시 망각의 불빛 밑으로 모여들고 문명은 어둠을 외면한 채 외친다. '그'는 빌딩 속에 서 있다."

중국의 시간

린망 시인의 작품엔 중국의 시간이 있다. "몇 십 년 전의 기억이었다/ 그해의 박하와 소자엽蘇子葉/ 그것들의 소박한 향기는 사라졌다" 여기서 나는 멈췄다. 최근에 한 편의 시를 읽고 멈춘 적은 드물었다. 요즘 아주 빠른 속도가 낡은 거리를 지나가기 때문이다.

서울을 떠난 지 구여 년 간 말이 아파지고, 린망의 시구처럼 소박한 향기가 사라진 것을 느꼈다. 아무것도 할 수 없는 곳으로 데려간다. 그때만이 내가 시인인 것을 느낀다. 햇살이 생 속에 떨어져도 한마디 못하는 석인石人이 된다.

'향기는 사라지고' 그리고, 그래서, 그런데 다시 시작한다. "망각은" "그의 마음을 깨끗하게 아이처럼 만들었다" "고통과 죽음은 반세기의 동요와 변환을 수반" 했으나, "고향 호수에 이르는 정원에서/ 박하와 보랏빛 소엽의 향기/ 세월을 뚫고 나의 어린 시절을 불러온다".

모든 것이 망가지고 지나가 버렸다. 하지만 '나'는 이렇게 어른인 나에게로 어린 시절을 불러온다. 시간과 존재는 동행해도 만나지 못한다. 두 레일을 물고 달려가는 열차가 보인다. 소엽 같은 언어들이 보인다. 상처는 아름다운 언어와 정확한 기억으로 치유된다. 시간은 아득하고 넓고 멀다. 지하에서 창공에서 잔디밭에서 중얼거리는 복화술의 말들은 어느 영혼의 것들이다. 나는 갈라져 올라간 나뭇가지의 다른 가지 끝을 본다.

십여 년 전 번잡한 베이징 어느 늦은 오후의 거리에서 린망 시인의 얼굴을 쳐다본 적이 있었다. 그 거리 서쪽에서 길을 잃은 듯 한국을 건너온 해가 지는 풍경을 고향처럼 바라보고 서 있었다. 오늘도 내 앞에 또 빠른 것이 지나갔다. 나는 기억하지 못한다.

린망 시인은 중국의 복잡하고 거대한 시간을 가지고 있다.

김기택

1957년 경기도 안양에서 태어나, 1989년 한국일보 신춘문예로 등단. 시집으로 『태아의 잠』 『바늘구멍 속의 폭풍』 『사무원』 『소』 『껌』 『갈라진다 갈라진다』 등이 있다. 김수영문학상과 미당문학상을 수상했고, 현재 경희사이버대학교 미디어 문예창작학과 교수로 재직 중이다.

가죽 장갑

팔 없는 손이 탁자에 놓여 있다.
할 일을 다 잊은 다섯 손가락이
잠든 손처럼 달려 있다.

손에서 갈라져 나온 손가락처럼
뭔가를 쥐려 하고 있다.
뭔가를 달라고 하는 것 같다.

손가락마다 구부리거나 쥐었던 마디가 있다.
습관이 만든 주름이 있다.
주름 사이에서 몰래 자라 오다가
지금 막 들킨 것 같은 손금이 있다.
어디선가 지문이 오고 있을 것 같다.
털과 손톱도 가죽 깊이 숨어서
나올 기회를 틈틈이 엿보고 있는지 모른다.

피도 체온도 없이 손이 탁자에 놓여 있다.
빈 가죽 안으로 들어간 어둠이
끊임없이 다섯 가닥으로 갈라지고 있다.

구석

다 열려 있지만 손과 발이 닿지 않은 곳
비와 걸레가 닿지 않는 곳
벽과 바닥 사이로 들어가 나오지 않는 곳
하루 종일 있지만 하루 종일 없는 곳
한낮에도 보이지 않는 곳
흐르지 않는 공기가 모서리 세워 박힌 곳

오는 듯 마는 듯 날개 달린 먼지가 온다
많은 다리를 데리고 벌레들이 온다
바람과 빛이 통하지 않는 습기와 냄새가 온다
숨어 있던 곰팡이들이 벽을 뚫고 돋아난다

아기 손가락이, 어느 날, 만져 본다
문이 없어도 아무도 들어가지 않는 곳
후벼 본다 긁어 본다 빨아 본다
엄마가 없어도 튼튼하고 안전한 곳
머리를 넣어 본다 누워 본다 뒹굴어 본다
손가락으로도 꽉 차지만 온몸이 들어가도 넉넉한 곳

구석 2

콧구멍이
가장 궁금해 하는 곳.
냄새가 주인의 목줄보다 더 세게 잡아당기는 곳.

콧구멍이 구석으로 끌려 들어간다.
무언가 살고 있는 것 같은 곳
무슨 일이 막 일어날 것 같은 곳으로
깊이 겁도 없이 더 깊이
길을 잃을지도 모르는 곳으로 더 깊이 들어간다.
온몸이 다 들어갔다가 나올 만큼
콧구멍이 늘어난다.

더 나아갈 수 없는 곳에서 멈춘 길이 서성거리는 곳.
들어가지도 나오지도 못하고 발자국들이 머뭇거리는 곳.
아무것도 없는데 무언가 우글거리는 곳.
숨을 곳도 없는데 무언가 숨어 있는 곳.
다 트여 있는데도 늘 어둠침침한 곳.
햇빛과 바람이 들어갔다가 나오지 않아 늘 축축한 곳.

콧구멍으로 들어간 구석은 어느 길로 뻗어 있나.
굽이굽이 내장과 핏줄과 어둠을 지나
구석은 세상을 데리고 어디로 가나.

목줄 쥔 주인을 목으로 잡아당기며

콧구멍으로 들어가고 있는

구석.

다른 언어, 같은 느낌

　스즈키 히사오의 〈몬순의 신령한 물〉과 선웨이의 〈대화〉를 읽으면서 한 목소리에서 수많은 사람들의 목소리가 울려 나오는 것 같은 느낌, 다른 시인의 말이 나의 내장과 성대를 통과하여 내 말인 듯 나오는 것 같은 느낌을 받았다. 머리로 이해하기 전에 몸에서 먼저 움직이는 반응이 있었다. 서로 다른 언어와 역사와 문화를 관통하여 상호작용하는 시의 힘은 무엇일까.

　후쿠시마 원전 사고 이후 세슘을 먹고 몸속에서 죽어가는 자연을 호소하는 스즈키 히사오의 〈몬순의 신령한 물〉은 머지않아 내가 써야 할 시, 내가 쓰지 않으면 안 될 시일지 모른다. 이 시의 언어는 기꺼이 1만 베크렐의 세슘으로 오염된 강에서 새끼를 기르는 오리와 백로와 백조가 되고자 한다. 유기수은을 먹고 미쳐서 죽어 가는 고양이가 되고자 한다. 우사의 기둥을 갉아먹으면서 죽어 가는 후쿠시마의 소들이 되고자 한다. 파괴된 자연을 닮고 오염되어 죽어 가는 동물들을 닮음으로써 이 시는 머리와 목소리가 아닌 불안한 호흡과 피부의 떨림으로 인간과 문명을 고발한다. 너무나도 처참한 비극 앞에서, 숨 쉬는 것 먹는 것 하나하나가 치명적인 위협인 현실 앞에서, 그의 시는 기꺼이 세슘에 오염되어 부패해 가고 죽어 가는 흉물을 생명력으로 변화시킬 수 있는 육체를 꿈꾼다.

　그의 시는 관념으로 치유할 수 없는 언어의 폐허를 자연의 순수 물질이자 몬순의 신령한 물로 이루어진 우리의 육체를 통해 치유하자고 호소한다. 산문에서 밝힌 바와 같이 그의 시는 먼저 모든 사람에게 공통적으로 내재한 신령한 물, 신령한 육체, 신령한 마음을 느끼게 하고 있다. 그의 목소리는 치명적으로 파괴된 후쿠시마의 생태계와 생명체들을 향하고 있지만, 그 반향은 일본 전역으로, 동아시아와 세계로 향하고 있다. 몬순은 순환하면서 전 세계의 생명을 하나의 몸, 하나의 생태계로 연결시켜 주는 바람이며 기운이기 때문이다.

　선웨이의 〈고향을 계속 찬미하는 것은 죄인이다〉는 '발전'이 파괴하고 타락시

킨 고향에 남아 있는 세 그루의 나무에 초점을 맞추고 있다. 이 나무는 "머리를 감싸고 통곡하는 세 병자", 개발로 병든 고향과 고향 사람들의 모습이다. 아무리 무자비하게 개발해도 자연은 결코 말을 하지 않으며 비명을 지르지 않는다. 파헤치는 대로 자르는 대로 싸 바르는 대로 오랜 세월 지켜온 제 순결한 몸을 순순히 인간에게 내어 준다. 그러나 훼손된 채 본래대로 회복되지 않음으로써, 폐허와 병든 흉물을 적나라하게 드러냄으로써, 자연은 인간의 욕망이 어떻게 생겼는가를 거울처럼 비춰 보여 준다. 시의 언어는 자연과 같이 망가지고 불순해짐으로써 역설적으로 가장 순수한 힘을 드러낸다.

〈대화〉에서는 힘은 세지만 눈은 먼 역사와 사회 앞에 서 있는 깊은 슬픔을 그려낸다. "그대는 어느 쪽에 서 있는가?"라는 질문은 한국의 역사에서도 되풀이되었던 질문이며 여전히 우리 사회 곳곳에서 의혹의 눈길과 윽박지르는 목소리로 다가오는 질문이며, 여전히 나에게도 대답을 강요하는 질문이다. 우리는 한국전쟁을 전후하여 이 질문이 얼마나 많은 사람들을 죽이고 불안과 공포에 몰아넣었으며, 농사와 가족밖에 모르는 양민들의 눈에 핏발이 서게 하였으며, 맹목적으로 좌와 우로 갈라놓았는지를 잘 알고 있다. 이 질문은 때와 장소를 가리지 않고 욕망이 충돌하는 곳이면 어디든 달려가서 살 자와 죽을 자를 가린다. "나는 이쪽에 있지도 않고 저쪽에 있지도 않고 죽은 자 쪽에 서 있을 뿐이다"는 말은 이제는 죽어서 더 이상 대답할 수 없는, 그러나 해야만 할 절실한 말은 너무나도 많은 입들을 대신한 진술이다. 이 진술은 정치적 사회적 이데올로기에 대한 비판과 고발에 머물지 않고 기꺼이 이 질문으로 죽은 사람의 입이 되려고 한다. 이 질문은 죽어야 할 더 많은 사람들을 향해 시공간을 가리지 않고 돌아다닐 테지만, 시는 죽음이 되고 죽은 입이 되어 말을 계속할 것이다.

나희덕

1966년 충남 논산에서 태어나 1989년 중앙일보 신춘문예로 등단했다. 시집으로 『뿌리에게』 『그 말이 잎을 물들였다』 『그곳이 멀지 않다』 『어두워진다는 것』 『사라진 손바닥』 『야생사과』 『말들이 돌아오는 시간』 등이 있고, 산문집으로 『반통의 물』 『저 불빛들을 기억해』 『한 걸음씩 걸어서 거기 도착하려네』 시론집 『보랏빛은 어디에서 오는가』 『한 접시의 시』 등이 있다. 현재 조선대학교 문예창작학과 교수로 재직 중이다.

우리는 흙 묻은 밥을 먹었다

쌀밥 한 그릇이 놓여 있다

한 끼의 밥이 완성되려면…… 물이 나와야 하고 (오늘 오후부터), 전기가 들어와야 하며, 깨진 그릇들 속에서 성한 걸 찾아 씻어 놓아야 한다. 지금 이 밥이 완성될 때까지 모두 세 차례의 지진이 있었다. 끝내 마지막 지진을 피해 식탁 밑으로…… 그렇게 해서 만들어진 밥이다.

그런데…… 물도 전기도 집도 없이 피난소에서 한 줌의 주먹밥과 한 모금의 물로 연명할 이들을 생각하니…… 미안한 마음이 앞선다. …… 내일은 학교 대피소엘 들러 봐야겠다.*

나는 알지 못한다,
그 밥을 먹는 동안에도 또 다른 지진이 있었는지.
부서져 내린 흙이 밥 위에 떨어져 내렸는지.
그릇들은 다시 쟁강거리고
책장에서 남은 책들이 쏟아져 내리고
벽시계가 곤두박질치며 시계바늘이 멈춰 버렸는지.
나는 알지 못한다, 그 흔들리는 나날 밖에서
희미한 파동을 몸으로 느낄 뿐
그곳의 슬픔과 공포를 짐작조차 할 수 없다.

밥그릇을 들고 있는 이여,
쌀과 밥 사이의 까마득한 거리를 알고 있는 이여,

나도 오늘은 흙 묻은 밥을 먹는다.

집마다 내놓은 깨진 기왓장과 벽돌들을
아무도 수거해 가지 않는다,
머지않아 또 다른 벽과 담장이 그것을 덮칠 것이기에.

뿌리 뽑힌 나무들의 이파리마다 흙이 묻어 있다.

부서져 내리는 흙에는 국경이 없다,
이 흙 묻은 밥에도.

———

* 2연은 구마모토에 사는 지인(신명직 교수)이 페이스북에 올린 글.

들린 발꿈치

그들은 죽은 개를 묻듯 우리를 묻었습니다.
커다란 구덩이에, 시체 위에 시체를,
우리는 썩어 가면서도 누군가의 등밖에 보지 못했습니다.
여기가 어디지요?
죽은 줄도 모르고 이따금 묻습니다.
여기서 우리는 사람도 여자도 될 수 없었습니다.
철조망 너머 달맞이꽃이 피어도
달거리 동안 피를 흘려도
우리는 짐승들을 받고 또 받아야 했습니다.
인간이라는 짐승, 군인이라는 짐승, 남자라는 짐승,
그들은 죽은 개를 던지듯 우리를 함부로 내던졌습니다.
여기가 어디지요?
반쯤 썩어 문드러진 입술로 묻습니다.
여기서 이렇게 있으면 안 되는데, 하며 일어납니다.
죽은 줄도 모르고 우리는 길을 나섭니다.
들린 발꿈치로,
한 번도 온전히 제 땅을 밟고 서 보지 못한 발꿈치로,
고향집은 너무 멀어 자주 길을 잃습니다.
여기가 어디지요?
우리가 흘린 피가 강물에 홍건하고
폐허가 된 참호에는 어린 병사들이 쓰러져 있습니다.
들린 발꿈치로 강을 건넙니다.

젖은 옷은 더 이상 젖지 않습니다.

죽은 우리는 더 이상 죽지 않습니다.

여기가 어디지요?

낯익은 능선과 돌담이 보이기 시작합니다.

그러나 고향집에는 아무도 없습니다.

여기에도 어떤 격랑이 휩쓸고 간 것일까요.

들린 발꿈치로 동구에서 기다립니다,

아버지와 어머니가 나를 기다렸던 것처럼.

여기가 어디지요?

죽은 줄도 모르고 지나는 사람을 붙잡고 묻습니다.

어디선가 날아온 나비 한 마리를

잃어버린 영혼인 듯 따라갑니다, 들린 발꿈치로.

기호들, 그리고 몇 개의 동사

나무라 요시아키(苗村吉昭)의 시들을 읽으며

"단어 '개'는 물지 않는다." 아리스토텔레스의 이 말은 모든 언어가 상징적 기호에 불과하다는 뜻을 품고 있다. 개와 달리 '개'라는 단어에는 날카로운 이빨도, 이빨 사이로 흘러내리는 침도 없다. 한국어에서 '개'라는 단어는 'ㄱ'이라는 자음과 'ㅐ'라는 모음의 우연한 결합으로 만들어진다. 그러나 이 한 음절의 단어가 세상의 크고 작은 개들을 포괄하는 일반명사로 정해지는 순간부터 그 기호에는 개를 연상케 하는 여러 가지 감각과 의미가 따라붙게 된다. 그렇다면 언어적 형태로 정착된 기호가 아니라 순수한 도상기호들에는 어떻게 의미를 부여할 수 있을까.

그 어렵고 흥미로운 작업을 나무라 요시아키 시인은 〈기호와 서정〉 시편들에서 펼쳐 보여 준다. 그는 키보드의 문자표 속에 잠들어 있던 ㅁ ○ × / ∞ 등의 기호들을 깨워 삶의 다양한 표정들과 인간적 의미를 부여한다. 이 시들을 읽고 있으면, 실제로 도상기호들이 입을 벌려서 무언가 말하는 것 같고, 손발을 움직여 어딘가를 향해 움직이는 것 같다. 덕분에 일본어의 형태와 소리를 전혀 알지 못하는 이들도 만국공용어인 이 기호들을 매개로 꽤 근접한 생각과 느낌을 가지게 될 것이다. 그가 섬세하게 읽어낸 기호들 속에서 나는 다시 몇 개의 동사를 건져 올렸다.

ㅁ 가두다

아이는 방학 동안 송사리를 키운다. '나'는 작은 사각형 수조에 갇힌 송사리에게 좀 더 넓은 세계를 보여 주려고 커다란 사각형 수조를 사 왔다. 송사리가 수온의 급작스러운 변화를 느끼지 않도록 배려하고 기다리는 손길은 조심스럽다. 누군가 더 큰 수조에 송사리를 넣어 주기 전까지는 몇 번이고 투명한 유리벽에 몸을 부딪쳤을 것이다. 마침내 송사리는 커다란 수조 속의 세계를 만나게 된다. 하지만 커다란 수조 역시 송사리를 가두는 투명한 벽이기는 마찬가지다. 어디 한 군데 트여 있지 않은 ㅁ처럼, 세계는 하루하루 산소가 희박해져 가는 수조에 가깝다. 어쩌면 이러한 깨달음보다 화자를 더 서늘하게 만든 것은 자신의 아이 역시 "이 세계가 몇 개의 사각형으로 되어 있음을 알게 되리라"는 예감일지도 모른다.

○ 그리다

'나'는 원을 그리고 또 그린다. 그러나 원은 번번이 온전한 동그라미가 되지 못한다. 원을 그릴 때마다 나를 바라보는 눈알이 하나씩 열린다. 그 눈빛들은 이렇게 말하는 것 같다. 진실을 보라고! 그러나 진실이란 무엇이며 대체 어디에 있는가. 마치 땅 위에 동그라미를 계속 그리면서 "동그란 동그라미는 영영 그릴 수 없을지도 모른다"고 중얼거리던 아큐처럼, 한쪽으로 기울거나 모양이 조금 이지러진 원을 그리고 또 그리는 수밖에 없다. "나는 동그라미이고/ 나는 동그라미가 아니다"라고 고백할 수밖에 없다. 진실은 온전히 우리 앞에 모습을 드러내지 않는다. 이번엔 사각의 수조 대신 둥근 원 속에 갇힌 셈이다.

✕ 못하다

아버지는 더 이상 이 세상에 안 계신다. "효도하지 못했지요?" 몇 번이나 되묻지만, 돌아가신 아버지는 대답이 없다. ✕는 일반적으로 부정과 부재의 상징으로 쓰이지만, 이 시에서는 아버지에 대한 화해의 가능성을 열어두고 있다. 나이를 먹어갈수록 기억 속의 아버지를 닮아 간다는 것. 그래서인지 아버지는 이 세상에 안 계시지만 아주 가까이, 내 속에 계신 것도 같다. 아버지가 살아 계셨다면 "시 따위 돈이 되지 않는 짓을 하고 있"는 자신을 어떻게 여기셨을까. 왠지 빙긋 웃어 주시지 않을까 기대하는 것은 기억 속의 아버지도 늙으셨기 때문일까. 아버지에게 효도하지는 못했지만, 아버지가 할 수 없었던 일을 하고 있다는 생각에 직선 두 개가 교차한다. ✕가 그려지는 순간이다.

/ 떠돌다

'나'는 한 개의 유목流木으로 떠돌다가 어느 해변에 닿는다. 이리저리 파도에 밀리며 퉁퉁 불었던 몸이 내리쬐는 햇빛에 말라 간다. 조개를 주우러 온 소녀가 "엄마, 유목이야"하면서 밟고 지나간다. 소녀는 모를 것이다. "내게도 이 소녀와 같이/ 엄마를 통해 태어나기 이전의 모습이 있었다"는 것을. 유목은 비스듬히 말라 가는 한 개의 빗금이 되어 "눈부신 빛의 세계"로 돌아갈 날을 기다린다. 언제 파도가 자신을 다시 쓸어갈지 알 수 없지만, 유목流木은 다시 유목遊牧의 삶을 꿈꾼다. 모태로 돌아갈 때까지 "말라빠진 모습" 그대로 견딜 수밖에 없다고 스스로 위로하면서, 유목은 비스듬히, 비스듬히, 해변에 놓여 있다.

∞ 만나다

'나'는 훗날의 어떤 광경을 떠올린다. "내가 죽은 그 밤에/ 내 시집을 조용히 펼치고/ 읽어 줄" 어떤 사람을. 또는 "당신이 죽은 그 뒤에/ 당신의 시집을 조용히 펼치고/ 당신의 시를 조용히 읽"고 있을 자신을. 어느 쪽이든 사람은 가고 시집은 남는다. 그런 점에서 모든 시집은 일종의 유서遺書인 셈이다. 생전에 만나지 못한 사람이라도 시집을 펼쳐 읽을 때, 시인은 그 시 속에 살아 있다. "나는 여기 있습니다"라고 무언의 인사를 건넨다. 시집을 '조용히' 읽어야 하는 이유는 그 인사를 듣기 위해서다. 한 권의 시집을 통해 '쓰다'라는 동사와 '읽다'라는 동사는 이렇게 하나로 포개진다. 뫼비우스의 띠를 닮은 ∞처럼, 삶과 죽음도 이 고요한 무한 속에서 잠시 만난다.

소요逍遙의 발걸음을 따라

양커(楊克)의 시들을 읽으며

양커의 시들 속에서 '나'는 대체로 걷고 있는 중이다. 해변이나 들판이나 호숫가를 느릿느릿 걸으며 무심한 듯 주위를 해찰한다. '산책'은 뚜렷한 목적지가 없다는 점에서 '보행'과 다르고, 신기하거나 아름다운 볼거리를 찾아다니는 게 아니라는 점에서 '관광'과도 다르다. 유유자적한 걸음걸이로 '나'는 『莊子』〈逍遙遊〉편에 나오듯 "아무 하는 일 없이 그 곁에서 방황하고 소요"한다. 한국어로는 '어슬렁거리다'이고, 헨리 데이비드 소로우의 표현으로는 'sauntering'이다. 산책자의 시선은 눈앞의 대상을 떠나지 않으면서 대상에 집착하지도 않는다. '나'는 '지금 여기'의 풍경을 보는 동시에 '아주 먼 옛날이나 먼 곳'을 떠올린다. 그럼, "목신이 오솔길에서/ 몸 뒤의 멀지 않은 산비탈을 느릿느릿 내려가"듯, 소요逍遙하는 시인의 발걸음을 잠시 따라가 보자.

〈지구 사과의 두 쪽〉에서 '나'는 이른 아침 서구의 어느 해변을 걷고 있다. "지구는 하나의 사과"라는 은유에서 출발한 이 시에서, 지구는 하나님이 휘두른 배트에 명중한 '야구공'에 비유되기도 한다. 중국에서 전해 내려오는 태극 철학의 상징인 '음양어陰陽魚'도 마찬가지다. 시인은 이렇게 스케일이 큰 은유나 상징을 1연에 포석으로 깔아둔 뒤에 활달하고 유연하게 시상을 전개해 간다. 만물이 음양의 질서에 따라 변화와 생성을 거듭한다고 보는 동양 철학과 서양의 과학적 원리는 크게 다르지 않다. 자전과 공전을 거듭하며 "우주에서 쉼 없이 나뒹구"는 지구는 그에 따라 낮과 밤이 나뉘고 계절의 순환이 이어진다.

동반구에 밤이 시작될 무렵 서반구에는 아침이 시작된다. '내'가 여명에서 깨어날 때, "동쪽에서 그대는 어두운 밤으로 들어가고 있"다는 것이다. '나'는 지구 반대편에 있는 '그대'를 떠올리며, "해가 뜨는 곳에서/ 해가 지는 곳까지/ 이 중간의 거리는 어찌 만 겹의 관산關山에 그치겠는가" 탄식한다. 홀로 해안을 따라 걷는 동안, 모든 풍경은 '그대'의 부재만을 각인시켜 줄 뿐이다. 두 그루 소나무, 두 마리 야생 오리, 두 뚱뚱한 흑인 아가씨, 두 포기의 푸른 칭차이(靑菜), 비둘기 두 마리…… 둘이 나란히 있는 존재들만 눈에 들어오는 것도 그래서일 것이다.

그런데 이 그리움의 거리를 한순간에 좁혀 버리는 소리가 들려온다. 바로 "그대의 미약한 핸드폰 신호"다. "그렇게 가까운데 이웃집 여자아이 같다"고 말할 만큼, 두 사람은 비로소 "손바닥 안에서" 함께 있다는 느낌을 가지게 된다. 이제 '나'와 '그대', 동반구와 서반구는 나란히 곁에 있다. "머리와 꼬리가 서로 받드는 태극도 중간의 음양어陰陽魚처럼", 또는 반으로 쪼갠 사과 속의 두 씨앗처럼.

〈지구 사과의 두 쪽〉이 해변의 산책자를 통해 시적 공간의 확장과 응축을 보여 준다면, 〈봄날 유채꽃을 찾아도 만나지 못하고〉는 들판을 어슬렁거리는 산책자를 통해 시간 여행을 하게 해 준다. '나'는 봄날 유채꽃을 찾아 갔으나 아직 피지 않아서 보지 못하고 돌아서야 했다. 아름다운 꽃바다를 기대했던 화자에게 "갑자기 드러난 들판은 시야를 아프게 베"어 버린다. 그러나 다행히도 이러한 실망이나 엇갈림은 또 다른 발견으로 이어진다. 한국 노래가사 중에 "꽃보다 사람이 아름다워"라는 구절이 있는데, 이 시 또한 유채꽃을 만나지 못한 대신 발견한 어떤 여인의 모습을 담고 있다.

화자는 그녀의 아름다움에 매료되어 "황홀한 것이 양귀비인지" 모를 정도라고 감탄한다. 그녀를 "측천무후를 위해 허리 꺾지 않은 모란선녀"라 한 것은, 당나라 현종이 양귀비를 처음 만날 때 그녀가 모란을 꺾고 있었던 일화 때문일 것이다. 모란선녀에 대한 생각이 이어지는 동안 2014년의 빈 들판은 당나라 시절 낙양洛陽으로 훌쩍 이동한다. 그러나 "꽃은 꽃이 아니며 때는 때가 아니"어서, '꽃'으로 대변되는 아름다움이 늘 '때'를 맞추어 오는 것은 아니다. 더욱이 "나는 당나라의 진자앙陳子昻 시인"도 아니다. 다만, "천지의 큰 아름다움"을 찾아 전세와 현세 사이를 오가는 발걸음 소리가 들려올 뿐이다.

〈송산호松山湖〉에는 호숫가의 산책자가 등장한다. 푸른 호수에는 황금빛 햇살이 내리고, 봄바람에 아주 작은 꽃봉오리가 흔들린다. 그런데 앞의 시들과 마찬가지로, 이 자연 풍경 속에서 더 뚜렷하게 환기되는 것은 '그대'의 부재다. "누가 그대와 다정하게 지내는지"라는 표현을 보면, '그대'는 이미 멀어진 존재처럼 보인다. 그러나 "그대의 목 줄기" "그대의 무릎" "그대의 발자국 소리"는 아직 지척에 있는 것처럼 느껴진다. 내면에서 일렁이는 그 물결 소리에 '나'는 계속 귀 기울인다. 마치 삼월에 출렁거린 송산호가 "구월에도 쉼 없이 가을 물결을 출렁거리고 있는" 것처럼.

아직은 사랑과 그리움, 회한 등 인간적 감정이 남아 있는 이 산책자의 뒷모습을 보며, 나는 오히려 안도의 한숨을 내쉰다. 시인의 정신이 너무 완벽하고 장대한 '소요유逍遙遊'를 성취하게 되면, 이 다정하고 애틋한 시어들도 함께 사라져 버릴 것이기에. 헨리 데이비드 소로우는 "아버지와 어머니, 형제자매, 그리고 아내와 자식, 친구들을 다시는 보지 않을 각오가 되어 있다면, 빚도 다 갚고 유언장도 만들고 일상의 잡다한 일도 모두 처리했다면, 그래서 자유로워졌다면, 그땐 산책을 떠날 준비가 된 것"이라고 말했다. 그러나 소로우의 이 말을 실천하기엔 우리는 모두 '겁 많은 십자군 전사'에 불과하지 않은가.

심보선

1970년 서울에서 태어났다. 서울대학교 사회학과를 나와 같은 대학에서 석사를, 미국 컬럼비아 대학에서 동양계 비영리 예술 단체와 예술운동에 대한 논문으로 박사학위를 받았다. 1994년 조선일보 신춘문예로 등단해, 『슬픔이 없는 십오 초』 『눈앞에 없는 사람』 등의 시집을 냈다. 예술산문집으로 『그을린 예술』이 있고, 현재 경희사이버대학교에서 예술경영을 가르친다. 문학과 예술을 통해 만나는 사람들 사이의 모임과 대화와 공동체에 관심을 갖고 연구와 활동을 이어가고 있다. 최근에는 청년 예술가들의 자립적 활동과 공간과 모임에 관심을 갖고 있다.

느림보의 등짝

A와 B는 함께 산책하는 것을 즐긴다

그런데 문제가 하나 있다

A는 타인의 뒷모습을 보면 기분이 좋아지는데
B는 타인의 뒷모습을 보면 기분이 울적해진다

A는 타인의 뒷모습을 보면
계속 보려고 걸음을 늦춘다

B는 타인의 뒷모습을 보면
얼른 지나치려고 걸음을 재촉한다

인적 없는 숲속이나 강변이 아니라면
노인, 뚱보, 사색가, 몽상가
혹은 다리가 짧은 이
그런 느림보들이 어김없이 둘 앞에 나타난다

둘은 함께 산책을 끝내는 데 늘 실패한다

둘은 점점 멀어져 각자의 집으로 돌아간다

A가 B에게 말한다

하여간 느림보들의 등짝이 문제라니까!

B가 A에게 묻는다

정말 그럴까?

정말 그게 우리가
다른 시간에 다른 열쇠로 다른 현관문을 여는 이유일까?

좋은 밤

밤이 올 때까지
밤에 대한 책을 읽는다

책장을 덮으면 밤은 이미
문지방 너머에 도착해 있다

얼마나 많은 동굴을 섭렵해야
저토록 검고 거대한 눈이 생기는가

매번 다른 사투리로 맞이하는 밤
밤은 날마다 고향이 달랐다

밤이 왔다
밤의 시계는 매초마다 문 잠그는 소리를 낸다
나를 끌고 고독 속으로 들어간다

낮의 일을 떠올린다
노인은 물속에 묻히고 싶다며
자전거를 끌고 연꽃 속으로 들어갔다

노인은 눈물을 흘렸다
아이들은 살 수 있었다고

최고의 악동은 살아남는다고
지구 어딘가에서 뜨거운 것과 차가운 것이
반드시 만날 거라고

밤의 배 속에서 돌들이 식는다
나의 차가운 혀도
뜨거운 무언가無言歌를 삼키리라

낮엔 젊었고 밤엔 늙었다
낮에 노인을 만났고 밤에 그 노인이 됐다

밤은 날마다 좋은 밤이었다

섬살이

건너편 테이블에서 백인 남자가
뭐라 뭐라 말을 한다

언뜻 "영원히 사라지고 싶어"로 들리지만

그처럼 빨리 움직이는 입술로
그런 말을 할 것 같지는 않다

DISAPPEAR

혼자 천천히 또박또박 말해 본다

섬에서는 흔히 그렇다
누군가 사라지면 다들 육지로 갔다고 여긴다
섬에는 섣부른 가정들이 만연하다

괜한 반발심 때문은 아니지만
어쨌든 나는 육지로 돌아가지 않을 것이다
한 섬에서 사라지고
다른 섬에서 나타날 것이다

가능하다면 적도 부근이 좋을 것이다

여권에 도장을 많이 찍지 않아도 되는
군도라면 더욱 좋을 것이다

적도 위에서 일하고
적도 아래서 놀 것이다

반대도 나쁘지 않을 것이다

2월에 태어나
2월에 제일 먼저 적응했듯이

2월에 태어나
2월이 가는 것에 적응했듯이

섬살이에 잘 적응할 것이다
섬들은 다 2월이지
혼자 착각하며

나와 세상 사이의 고요한 말들

나카무라 준의 시를 읽을 때 나는 우정에 대해 생각하게 된다. 그러나 이 우정은 특별한 우정이다. 말로, 오로지 말로 맺어진 우정이다. 그녀의 시는 누군가에 끊임없이 말을 건다. 그리고 이 말을 건네는 행위 속에서 그녀의 시는 역사와 상처를 환기시킨다.

그녀의 말은 "헤이트스피치"를 반대할 뿐 아니라 그것의 뿌리를 폭로한다. "죠센의 '죠'를 듣기만 해도/ 겁에 질려 버리는 어머니의 아픔과 분노는/ 일본에서 '죠센진'이라는 단어가/ 어떤 울림으로 입에 올려졌는가, 하는 것."(〈어머니께〉 부분)

우리는 말이 하나의 메시지이며 그렇기에 수용하거나 거부하면 그만이라는 생각을 한다. 그러나 말은 세계와 정체성과 역사의 재료이다. 우리는 말을 통해 인식하고 지각한다. 나카무라 준의 시는 "언어가, 죽은, 날"과 그 폭력의 날 "언어와 이름을 빼앗긴 사람들"의 기억을 상기시킨다. 그리고 다시금 선언한다. "인간의 언어를 창조하라, 뛰어넘기 위해"(〈생명 · 언어 단장-넘어서기 위해〉 부분)

그녀에게 시는 새로운 인간의 언어이다. 시는 특별한 말이 아니다. 시는 소위 문학이라는 특정 예술 장르의 말이 아니다. 그것은 차라리 억압된 시간과 존재가 목소리를 얻었을 때 취하게 되는 새로운 인간 언어이다. 그리고 그 인간 언어는 다른 존재를 찾는다. "더 이상, 당신을 혼자 두지 않으리, 나의 친구여."(〈한 여성의 사진에 부쳐〉 부분) 이것이 우정이 아니라면 무엇이겠는가?

어쩌면 쑤리밍의 시는 우정으로서의 시에 대한 반론으로 읽힐 수도 있다. 그는 시론에서 말한다. "글쓰기는 세상에서 가장 고독한 작업임에 틀림없다······ 나는 뛰어난 시인은 언제나 교제하고 대화하는 데 열중하는 사람이라고 믿지 않으며, 각종의 사건에 힘을 기울이고 열중하며 말하는 사람은 더욱 아니라고 생각한다."

그러나 내가 보기에 그의 고독은 고립으로서의 고독이 아니라, 오히려 세상의 흐름을 예리하게 관찰하고 비판하는 거리를 확보케 하는 고독이다. "지금, 내 진실한 마음을 서로 비추는 형제로 누가 있을까?"(〈힐튼호텔 중앙홀에서 차를 마시며〉 부분) 그는 진실한 우정의 불가능성을 지극히 단순한 질문을 통해 해찰한다.

그의 시선은 서늘하고 고요하다. 그런데 그의 고독이 오히려 외부 세계의 원리를 역설적으로 폭로하는 듯하다. "세상 변천이 심한 거리에서, 신용카드로 모든 것을 살 수 있듯이/ 누가 유랑하는 참새를 볼 수 있는가?"(〈유랑하는 참새를 데리고 집에 돌아오다〉 부분)

사실 쑤리밍이 고독과 고요 속으로, 자신의 내부로 침잠한 것은 그가 세상이 버린 사소한 존재들, 그 존재들 사이의 사소하고도 신비로운 우정을 꿈꾸기 때문 아닐까? 그에게 시란 이미 사라진 세계를 새로운 언어로 되살리고 설계하는 그만의 장인적 기술이자 말 건넴의 형식이 아닐까?

나카무라 준과 쑤리밍의 시는 일견 서로 마주보는 상반된 입장을 취하고 있는 것 같다. 하나는 세계를 직시하고 다른 하나는 세계로부터 뒤돌아 서 있다. 그러나 나카무라 준은 앞을 보면서 뒤를 보고 쑤리밍은 뒤를 보면서 앞을 본다. 만약 둘의 시가 합쳐진다면, 그런 일은 불가능하겠지만, 나는 온전한 인간과 세계가 우리의 눈앞에 오롯이 등장할 수도 있겠다는 상상을 하게 된다.

진은영

1970년 대전에서 태어났다. 이화여자대학교 철학과를 나와, 같은 대학원에서 니체와 나가르주나를 비교한 논문으로 박사학위를 받았다. 2000년에 《문학과 사회》로 등단하여, 『일곱 개의 단어로 된 사전』 『우리는 매일매일』 『훔쳐가는 노래』 등의 시집을 냈다. 문학이론서 『문학의 아토포스』와 철학서 『니체, 영원회귀와 차이의 철학』 등을 출간했으며, 현재 한국상담대학원대학교에서 문학상담을 가르친다. 시 쓰기를 통해 다양한 분야, 다양한 연령대의 사람들을 만나고 그들의 마음과 삶, 그리고 그들이 살고 있는 사회에 대해 이야기 나누는 일을 좋아한다.

바스와바 쉼보르스카

그녀의 시가 아름다운 이유는
그녀가 열네 살 때 도스토예프스키 전집을 독파해서일지도 모른다
그녀의 시가 아름다운 것은
어쩌면 열네 살에 너무나 사랑하는 아버지가 돌아가시고
큰 슬픔을 느꼈기 때문일지도……
그러니 내 아버지, 돌아가시지 마세요 이미 늦으셨어요
오래전에 저는 서른네 살이 지났고
당신을 너무 사랑하지도 않습니다

그녀의 마지막 시집은 『충분하다』
슬픔이, 고통이, 악과 소금 안 친 비스킷이?
공원 벤치 위에는
철지난 유행가가 나오는 빨간 트랜지스터라디오
시간은 아이들의 몸을 작은 술잔으로 착각하고서 슬픔을 충분히 따라 준다

사랑의 종전을 알리는 라디오
흰 귀를 바짝 대고서
항복 선언서를 더듬거리는 연인의 목소리가
원폭 뒤의 도시 속으로 흩어지는 걸 듣는다
기록할 만한 한 번의 전쟁과 한 번의 이혼
셀 수 없는 전쟁들과 소소한 이별들로 완성된 단 한 장의 점묘화
추억은 이혼한 남편과 살았던 다락방 같은 것이다

그와 헤어진 뒤에도 우리가 내내 살고 있는

죽은 조가비의 벌어진 입처럼
우리의 일기장은 매일매일 환하고
여기저기서 흘러내리는 봄의 물소리
시는 충분하다
웅덩이 위의 모기떼처럼 따뜻하게 윙윙거리는 절망과 함께

그리고
사랑이든 삶이든 끝이 난다
남는 것은 시 몇 줄
또 한 여자가 술래가 되어
유년의 지하실 근처에서 아름다운 노래를 찾아다닌다
삶은 입맞춤으로 더러워진 거울처럼 그녀를 잠시 비춘다

이브

아침이 오면 너는 일어나
양은냄비 속에서 끓고 있는 사과 잼처럼 슬픔을 조릴 준비를 할 것이다
마당에는 종일 눈을 뜨고 죽어 있는 꿈이 있을 것이다
부드러운 밤의 눈썹이 내려와 고이 감겨 줄 것이다

너는 침대로 가지 못하고
관념의 둥근 어깨에 머리를 기대어 씨앗 하나 심을 것이다
푸른 사과의 달은
선잠의 가느다란 잎사귀들 사이에서 떠오르고

새벽이 늙고 야윈 손으로
사과를 한 알 따다 어두운 창가에 놓아둔다
노파가 이슬로 냄비를 씻는 사이 너는 일어나고
마음은 곧 가벼워질 것이다
끓는 기름 속에서 떠오르는 밀가루 반죽처럼

詩의아해는
— 이상의 79째 기일을 맞아

오래된슬픔의아해
사월의면도칼이나비처럼푸른하늘의살갗을팔랑팔랑ㄱ으며날아가오
막도배한벽지처럼환하고씨없는하늘이나는제일무섭소
낡은피와낡은죽음과낡은시간의길다란뒷장으로
아해가적는까마귀떼같은글자들이부서지며날아가오

'몬순'이라는 이름을 쓴다

나는 얼마 전 비스와바 쉼보르스카에 대한 시를 썼다. 왜 갑자기 폴란드 여성 시인에 대해 쓰고 싶어졌을까? 스스로 의아해하다가 곧 깨달았다. "약탈하는 나라보다 약탈당하는 나라를 더 좋아한다"(〈선택의 가능성〉)는 그녀의 한 시구 때문이었다. 지정학적 위치상 폴란드는 한국만큼이나 강대국의 침략에 시달렸던 역사를 가지고 있다. 약탈당하는 조국에 대해 안타까움을 갖는 것은 당연하지만 그렇다고 더 좋아한다니……. 심지어 선택을 할 수 있다면 약탈하는 나라의 시인이 되기보다는 약탈당하는 나라의 시인이 되겠다는 그녀의 서늘하고 염결한 태도가 늘 마음에 남아 있었다. 그러고는 학살하고 약탈하는 나라의 시인이 처한 곤경과 곤궁함에 대해서 생각했다.

나는 『몬순』 창간호에서 사소 겐이치의 시를 읽다가 약탈의 역사를 가진 불행한 나라의 시인이 보여줄 수 있는 가장 아름다운 태도를 발견했다. 올해 1월 일본대사관 앞 소녀상 철거 문제로 비난의 여론이 거세었을 때, 나는 일간지 지면에 사소 겐이치의 〈지구신사로부터의 경고〉를 소개하면서 이렇게 썼다. "우리 할아버지들의 전범죄와 성범죄를 왜 우리가 사죄해야 하지. 전후에 태어난 일본인들에게는 '사죄 외교'라는 말 자체가 납득하기 힘든 것이라고 합니다. 내가 저지른 죄가 아닌데 내게 책임을 묻는 데 대해 억울한 기분이 든다면 이렇게 생각해 보죠. 피해자의 말을 경청하고 그 고통을 기억하기 위해 소녀상을 지키는 것은 현 세대의 범죄 여부나 국적과는 상관이 없습니다. 그것은 지구에 사는 사람으로서 반드시 들어야 할 마음의 소리이고 유린당한 한 인간에 대한 의무입니다."

사소 겐이치는 이렇게 말했다. "인간의 가장 깊은 곳의 소중한 목소리를 시라고 한다면, 비참함이 끊이지 않는 살벌한 이 시대에 시의 마음이야말로 절실히 요구되는 것이다."(『몬순』 창간호) 나는 이 시인에게 강렬한 우정을 느꼈다. 그리고 진샤오징이 말한 영성이 우리의 시를 따라 흐르며 우리가 각자의 조국이나 통념을 넘어서는 '미친' 힘을 발휘하도록 만든다는 것을 알게 되었다. 진샤오징은 시인이 하는 일은 "평생 노아의 방주를 만드는 것 같다"고 했다. 우리는 이 세계에 만연한 살인과 폭력과 거짓의 홍수로부터 우리의 영혼을 구하기 위해 시의 방주를 만들고 있는 중이다. 이 방주를 만들기 위해서는 제 언어를 잦아들게 하고 고요 속에서 거의 들리지 않는 "개미의 언어를 이해하려고"(〈그해 여름〉) 애쓰는 태도가 필요하다.

진샤오징은 "(자신의) 아버지, 할머니, 외할아버지를 만난 적도 없"지만 "(그들의) 이름을 쓰며 황홀함을 느낀다"(〈나는 당신들의 이름을 쓴다〉). 이 거창할 것 없는 행위, 인간이라는 가계家系에 속하지만 만난 적은 없는 누군가의 이름을 쓰며 황홀함을 느끼는 것이 우리를 새로운 대륙으로 인도하리라고 나는 믿는다. 그 이름은 전쟁터에서 유린당한 조선 소녀의 것이고 어린 나이에 전사한 중국 병사나 일본 병사의 것이며 사소 겐이치, 나카무라 준, 스즈키 히사오, 린망, 선웨이, 쑤리밍 같은 시인들의 이름이기도 하다. 한 번도 만난 적 없는 이름을 천천히 쓰며 오래도록 기억하는 일이 문학이라는 것을 나는 진샤오징의 시에서 배운다.

일본

나무라 요시아키ー나카무라 준ー사소 겐이치ー스즈키 히사오ー시바타 산키치

사소 겐이치(佐相憲一)

1968년 요코하마(橫濱) 출생. 교토(京都)、오사카(大阪) 등을 거쳐 도쿄(東京)에 정착. 시집 『사랑、점박이물범의 시』(오구마히데오(小雄秀雄)상 수상) 『심장의 별』 『시대의 부두』 『숲의 파도소리』 등 8권이 있으며. 시론집 『21세기 사상의 항구』、수필집 『발라드의 시간―이 세상에는 시가 있다』가 있다. 시 잡지 《콜색》 공동편집인이며、《생명의 바구니》《늑대》《시인회의》 등에 집필한다. 간사이(關西)시인협회 운영위원、규조(九條)회 시인모임의 간사、오구마히데오(小雄秀雄)협회 대표 등으로 활약하고 있다.

마음의 비유

형태가 없는 것
불어오는 것
불게 하는 것
흐르는 것
흘러가게 하는 것
흔드는 것
부딪치는 것
찌르는 것
쓰다듬는 것
빼앗는 것
나르는 것
날리는 것
전하는 것

* * * * *

꿈 빛깔을 하고 있거나
현실의 심연에 밀어 떨어뜨리거나
휘두르는 것
스며드는 것
언어를 골라낼 수 없을 때의 선율처럼
틈새라든지 뉘앙스라든지

그런 섬세한 무엇인가처럼

냄새가 있는 것

＊ ＊ ＊ ＊ ＊

(바람은 영혼) 이라고 심리학은 말하고

(바람은 신) 이라고 문화인류학은 말하고

(바람은 방향에 주목) 하라고 사회학은 말하고

(바람은 수평의 대기) 라고 기상학은 말하고

(바람은 기압의 문제) 라고 물리학은 말하고

(바람에 요주의) 라고 소방서는 말하고

(바람을 타고 싶다) 고 가수는 말하고

(바람을 계산한다) 고 야구 외야수는 말하고

(바람을 내 편으로 삼는다) 고 변화구 투수는 말하고

＊ ＊ ＊ ＊ ＊

틈새 바람

늦가을과 초겨울의 건조하고 찬 바람

산에서 불어 내리는 바람

바닷바람

밤바람

지나가는 바람

산들바람

꽃샘바람

회오리바람

비바람

가을바람

강바람

* * * * *

계절풍은 아시아 각지의 생활을 만들고

우기, 건기

사계

더 상세한 달력에는

축제가 가득 적혀 있어서

자연 환경에 사는 사람들의

소원의 세시기歲時記가

바람이 되어

다시 순환한다

거리의 뒷골목에

꿈의 하늘

* * * * *

중국 대륙과 한반도와 일본열도
매머드 때부터
으쓱으쓱
위대한 원시인들이
바람을 뺨에 맞으며 걷고 있었다

신선과 무당의 숲이 수묵화에 그려지고
시대의 문화가 왕래하고
한자, 한글, 히라가나(平假名), 가타가나(片假名)
동아시아로 불리는 공간에
몇 개의 '나라'가 흥했다가 망하고
참혹한 살상과 전쟁이 일어나고
눈물 흥건한 교류가 치유되고
그런 거대한 움직임에 농락당하면서도
무수한 사람과 사람이 새롭게 연결되고
서로 말을 걸고
서로 미소를 짓고
약속을 서로 존중하고
인구수로는 표현할 수 없는 한 사람 한 사람의
마음의 바람이

지금 현재 숲의 파도 소리가 되어
울린다

* * * * *

바람의 울림

'바람'

'푸엉'*

'카제'**

시대의 일기예보를 넘어
사람의 마음을 어루만져 가는

그것은

이 별의 호흡

———

* 바람의 중국어
** 바람의 일본어

나희덕 시인의 시와 양커(楊克) 시인의 시

『몬순』 창간호에서 한국과 중국 시인들의 언어에 자극을 받았다.

모든 작품에서 공감을 했지만, 그 중에서도 특히 감동을 받은 것이, 한국의 나희덕 시인의 시 〈마른 나뭇가지를 들고〉였다. 약력을 보니까 나와 같은 세대인 1966년생이다. 섬세한 시심과 근원적인 통찰력이 있는 여성 시인이다. 그 감동을 널리 전하기 위해 시 잡지 《콜색(Coalsack)》 83호(2015년 9월)의 〈현대시 시평 時評〉란에 전문을 인용하여 소개하였다. "숲길에서 우연히 주워 든/ 나뭇가지 하나// 잎과 열매가 아직 남아 있는,/ 굽이치며 뻗어간 궤적과 부러진 흔적을 지닌,/ 이 나뭇가지는 어디서 왔을까// 혹시 몰라, / 우주목에서 떨어져 내린 가지일지도/ 그걸 주워 북을 만들면 평생 노래를 부르며 살게 된다지/ 북을 만들 수는 없어도/ 어떤 노랫소리가 흘러나오는 것 같아/ 숲길에 서서 귀를 기울인다// 마른 나뭇가지를 들고/ 마른 나뭇가지를 들고// 노래의 힘으로 죽음의 사막을 건넜던/ 알타이 샤먼들처럼// 새를 삼킨 것 같은,/ 새를 따라 날아오를 것 같은, 이 느낌은" (〈마른 나뭇가지를 들고〉 전문)

상징적인 이미지 가운데 현대를 사는 인간의 원초에 대한 감각의 전개가 시사되고 있는 것 같아, 깊은 맛이 난다. 그것도 단순한 후방 회귀가 아니라, 고난을 경험한 후의 새로운 단계로 나아가는 전방 회귀라고나 부를 수 있을 듯한, 원점에 선 작품이라는 느낌을 준다. "마른 나뭇가지", 그것도 "굽이치며 뻗어 간 궤적과 부러진 흔적을 지닌" 나뭇가지에는, 오랜 세월이 담겨 있는지도 모른다. 그리고, 말라는 있지만 "잎과 열매가 아직 남아 있는" 점에 구원을 감지하게 한다. 커다란 인류 역사에서 개인적인 인생에 이르기까지, 다양한 상황이 상기되며, 각각의 독자들에게 나름대로 무엇인가를 생각하게 할 것이다. 공통적인 것이라면 아마도, 무엇인가를 소중히 지니고 이어 나가는 것, 음악과 비상飛翔의 예감이 있는 것이리라. 이런 시가 이웃 나라의 현역 시인으로부터 발신되고 있다는 것에 공감하는 것은 나만이 아닐 것이다.

나희덕 시인의 다른 두 편의 작품도, 인간의 원초적·근원적인 것을 찾아 응시하고 있는 점에 공감하였다.

중국 양커 시인의 공간과 시간의 이미지가 풍성한 포착에도 공감하였다. 시 〈지구 사과의 두 쪽〉은 전자교신 시대의 정경을 그리지만, 사과의 끝과 끝에 비유된 위치 관계는, 이 별의 회전을 또한 상기시켜, 시차가 있는 복수의 땅을 동시에 느끼게 하면서, 솔직하고 태연한 진술 속에, 인간의 역사뿐만 아니라, 생물계의 움직임까지 포착하고 있는 까닭으로, 지금 있는 땅의 절대화를 거부하는 다원적인 시상詩想과 동시에, 멀리 떨어진 사람들끼리의 공감과 같은 것이 전해져 온다. 중국의 고전 사상이나 미국 현대문학 등을 독자적인 시 세계 속에 흡수하고 있으며, 능란한 비유와 풍성한 정신성을 지닌 이런 시인이 현대 중국에서 활약하고 있다는 것에 희망을 느꼈다.

"지구와 또 다른 사과는/ 손바닥 안에서, 동반구와 서반구/ 그렇게 가까운데, 이웃집 여자아이 같다"(〈지구 사과의 두 쪽〉에서)

양커 시인의 다른 두 편도 독특한 풍미風味로 충만해 있다.

『몬순』은 이제 2호를 맞이한다. 이번에는 어떤 명작들이 이웃 두 나라로부터 전해져 올 것인가?

나카무라 준(中村純)

1970년 도쿄(東京) 출생. 시집 『초가집』 『바다의 가족』 『발가벗은 갓난아기』, 산문집 『생명의 원류』, 편저서 『헌법과 교토(京都)』가 있다. 2005년 《시와 사상》 신인상, 요코하마(橫濱) 시인회상 수상. 도쿄에서 출판사 근무 및 교사 생활을 거쳐, 2012년부터 교토에서 거주. 2015년부터 교토 신문에 〈현대의 언어〉를 연재 중. 현재 편집자 및 집필자로 활동하고 있다.

8월의 기도

고잔(五山)의 송별의 불*, 산기슭 밑
첫 태풍 지나, 불 붙은 커다란 글자**
사라져 가는 영혼들의 기도
지나가는 비처럼 나를 지나간다

토호쿠(東北)***의 어두운 바다 물결 잠잠해진 길을
본향의 시간으로 돌아가는 친구여
해일에 돌아오지 않는 사람의 기도와
상사형相似形인 친구의 기도

오타(太田)강 8월 6일의 히로시마(廣島) 등롱에
살아 남은 시인의 이마 쓸쓸함이 빛나며 흐른다
잠잠히 지켜보는 수면의 조문하는 사람들
기도의 대상이 되고 있는 건 살아 있는 자들

섬광은 사람을 태우고
빛은 아련해야 하는데,
아침이 아름답고 조용한 나라 시인의 혼잣말
석굴암 불상 이마의 새벽 섬광
까치 울음소리, 경주의 산들, 아름다움의 극치다

기도의 대상이 되고 있는 건 우리들

기도하고 있는 건

해저에 있는 조문을 당하고 있는 사람들

핵의 섬광에 태워진 사람들

한국의 시인들

영구치가 하나인 소년의 목소리

매미 허물을 줍는 작은 손

도쿄(東京)를 떠난 지 3년 교토(京都)의 여름 밤

아들의 얼굴에 송별의 불이 비쳐서

---

* 우란분 마지막 날(음력 7월 16일 밤이지만, 최근에는 양력 8월 16일) 저승에서 온 조상의 영혼을 되
돌려 보내기 위해 문전에서 피우는 불 또는 초상 때 죽은 이의 영혼을 보내기 위해 문전에서 피우
는 불을 말함. 교토의 여름 풍물시風物詩로, 대大자의 불을 붙이는 축제가 행해지고 있음.
** 큰 대大자의 모양에 불을 붙이는 것
*** 2011년 3월 11일 2만 명 이상의 희생자가 발생한 동북 지방의 대지진.

한 송이 꽃, 촛불

꺼지지 않는 핵의 불이 아닌
아스름한 촛불을

중국이나 한반도의 위협이 아닌
비단 같은 가을의 교토(京都)에서 어깨를 나란히 하고 걸은 중국 친구와
경주 불국사 석굴암에서 불상의 이마에 비치는
새벽 빛을 얘기해 준 한국의 시인과

무기가 아닌, 한 송이 꽃을
꺼지지 않고 조용히 퍼져 가는
양초 불꽃 같은 꿈을

대화를 차단한 폭력적인 배제가 아닌
귀에 남는 것은 오키나와(沖繩)의 노래

이국 친구들을 가슴으로 안고
눈을 감고 앉으라
자기 가슴 한복판에
고통의 한가운데에
앉으라

시대가 난폭하게

대화를 차단하고 사람을 사람으로 생각하지 않고
들을 귀를 갖지 않는다 해도

가슴에 공통의 한 송이 꽃
꺼지지 않는 촛불
언젠가 도달할 여행

___

2013년 여름 나와 스스키 히사오(鈴木比佐雄) 시인이 아시아시인대회 참가를 위해 한국을 방문했
을 때, 고형렬 시인은 "시인은 촛불의 빛과 같은 것", 권택명 시인은 "빛은 아스름해야 한다, 섬광
은 인간을 태운다"고 말했다. 내가 사는 교토의 집에는 일본 문학을 배우러 온 중국인 유학생들이
찾아온다. 오키나와 헤노코[邊野古: 나고(名護)시의 류규(琉球)어]에서는 미군 기지를 반대하는 사
람들이 기동대에게 폭력적으로 쫓겨나도 계속 노래하고 있다. 우리들 가슴에 있는 한 송이 꽃.

꽃의 봉화烽火를 올리자

콘크리트 밑의 죽은 자를 듣고
풀의 이슬을 생각하고
환상의 꽃에 비원悲願을
꽃의 봉화를 올리자

사람들의 마음 속에
아픔의 끝에 피어나는 꽃
그것은 환상인가, 시인가
보이지 않는 죽은 자가 피우는 꽃 위에
둘 수 있는 이슬의 덧없는 꿈

꽃의 봉화를 올리자
죽은 자와 연대하자

3.11 동일본대지진과 원전 사고 이래, 일본은 전쟁을 할 수 있는 국가 만들기를 지향하고 있다. 특정비밀보호법, 집단적 자위권, 안보 관련. 존엄과 대화를 박탈당한 끝에. 회복의 실마리로 삼은 시인들의 복수複數의 언어에서, 품은 오마쥬가 시가 되었다. 하라 다미키(原民喜) 시인의 〈비명碑銘〉에 대한 답신, 이시무레 미치코(石牟禮道子) 시인에 대한 답신. 존엄이 박탈당한 끝에 자아내지는 꽃의 시라면, 그 꽃에서 봉화를 올리고, 죽은 자들과 연대하자. 들리는 자들이 있다면, 꽃의 봉화를 올리자. 죽은 자들의 목소리가 들리지 않게 되었을 때, 우리들은 과오를 저지르게 될 것이므로.

전쟁을 하지 않기로 결정한 나라의 아이들

당신이 태어난 날
전쟁을 하지 않기로 결정한 나라의 갓난아기에게
평화헌법의 "헌"이라는 이름을 지었다

우리들은 평화를 계승했다
주어지는 것은 달리 없다

당신의 손에는
무기나 나이프가 아닌 꽃을 드린다

부드러운 귀에는
헤이트 스피치hate speech가 아닌
시와 노래를 들려준다

헤이트 스피치보다
친구 나라의 언어를 공부하자

눈물이 날 것 같을 때는
당신의 부드러운 손을 잡고
하늘을 쳐다보고 싶다

2016년 일본에서는 내각이 전쟁 포기를 규정한 일본국 헌법 개정을 꾀하고 있다. 지금 일본에서는 한국인을 모욕하는 헤이트 스피치가 소수이긴 하지만 거리에 출현하여, 「북한이나 중국의 군사적 위협론」이 목소리 높게 주창되고 있다. 일본국 헌법 제9조는 '전쟁 포기'를 명시하고 있다. 9조의 소원을 인류 보편적인 가치로서, 세계와 공유하고 싶다.

[제9조] 1 일본 국민은 정의와 질서를 기조로 하는 국제 평화를 성실하게 희구하며, 국권의 발동인 전쟁과 무력에 의한 위협 또는 무력의 행사는 국제 분쟁을 해결하는 수단으로서는 영구히 이를 포기한다.
2 전항의 목적을 달성하기 위해 육해공군 기타의 전력은 이를 보유하지 않는다. 국가의 교전권은 이를 인정하지 않는다.

시공을 넘어서는 시성詩性에

4년 전 도쿄(東京)에서 교토(京都)로 이사 와서 살게 된 집은, 정면의 폭이 좁고 안쪽으로 길다란 교토식의 주택이다. 채광을 위한 안뜰의 동백과 동북방 쪽에 심겨진 남천南天은 나보다 더 오래된 주인이다. 교토의 주택에 많이 보이는 남천은 음양도陰陽道와 함께 중국에서 일본으로 건너왔다. 한자명은 '남천촉南天燭'. 붉은 열매를 촛불(등불)에 비견한 것이다. 동백도 남천도 중국과 인연이 깊다.

교토로 유학을 온 중국 대학원생과 교류를 하고 있다. 나쓰메 소세키(夏目漱石) 등 근대문학, 화한낭영집和漢朗詠集 등 고전문학을 연구하고, 일본을 알기 위해 바다를 건너온 젊은 여학생들. 함께 사찰을 찾아다니고 꽃을 보며 얘기를 나누기도 하며, 두 나라가 맞이하고 있는 시대와 문화를 서로 나눈다. 문자, 시, 불교, 음양도, 정치제도 등. 일본은 예로부터 중국에서 많이 배운 나라이다. 한국도 동일하므로, 한·중·일의 문화 원류는 가깝다. 예로부터 서로를 친구로 하여, 문화를 주고받았다. 지난 세월 전쟁의 고통스런 시대를 거치면서도 한·중·일 간 대화의 문을 닫지 않아 온 선진들의 덕택으로, 지금 우리는 어깨를 나란히 하여 걷는다. 그러한 결실과 '시작'을, 나는 『몬순』에서 본다. 우리는 시성詩性을 실마리로 한다.

진샤오징(靳曉靜) 시인이 말하고 있는 것처럼, "인간의 영성을 통하게 하는 것은 시가詩歌, 종교, 심리학"이지만, 아직 언어화·학문화되지 않은, 영혼 차원에서의 공명共鳴에 있는 것이 시성이라고 해도 좋지 않을까 싶다. 한 알의 붉은 열매나 동백이 시공을 초월하듯이, 시는 언제나 영혼의 깊은 곳에서 동백이 떨어지듯 태어나고 떨어진다. 국가나 언어가 달라도, 언어로 나타낼 수 없는 고통과 침묵도, 한 송이 꽃이나 불상의 이마에 비치는 빛에, 시성을 공유할 수가 있다.

진샤오징의 시 〈그 해 여름〉에는 기묘한 원근법의 프레임에 시성이 절취切取되어 있다. 프레임은 〈그 해 여름〉의 소녀의 시선이다. "아무도 대화해주지 않았던" 소녀는, 뜰 안의 땅바닥에 쪼그리고 앉아 개미를 보고 있다. 개미들의 언어를 알 수 있을 정도로 가까이서. 시대가 홍기紅旗에 열광하는 여름에, 배척된 남자는 모두로부터 "미치광이"라고 불렸다. 하지만 "홍기"와 같은 방향으로 따라가며 나에게 말을 걸지 않는 다른 사람들과 달리, 남자와 나는 언어와 마음을 서로 교류하였다. 이윽고 남자는 죽었다. 자살했다고 이웃 사람들은 말한다. "그 해 여름 나는 더 이상 말하지 않았다". 분명 모두는 그 일조차 알아채지 못하고 열광하고 있었으리라. 어느 쪽이 "미치광이"인지 알지 못하는 시대의 열광에, 한 소녀가 말하는 것을 중단하고, 한 사람의 남자가 죽어도 "알아채지 못한다". 소녀는 대지의 풀과 적막한 산하에 멀리 시성을 풀어 놓는다.

진샤오징의 〈자신에게 쓰는 한 통의 편지〉에서는, 인생의 긴 여행에 산재散在하는 과거의 자신과 만난다. 은인들이 왔다가 떠나가고, 나라고 하는 "시"의 은유처럼, 운명에 용해되어 있다. "그녀들이었던 것이다, 내 대신 살아 남은 것은"이라고, 젊은 날의 자신을 먼 여행에서 회상한다. 나는 이 시에서 젊은 날의 나 자신을 보았다. 내게도 은인들은 있었고, "살아 남았다"고 생각되는 날들이 있다. 젊다는 날들을 지나온 동성同性의 친구로, 말없이 진샤오징 시인의 곁에 상상력 속에서 앉는다.

한국 진은영 시인의 〈그 날 이후〉는, 2014년의 '세월호'에서 실종된 고교생을 대신하여, 가족에게 보낸 말을 엮어낸 시이다. 시인은 때로 상상력의 힘으로 죽은 이들의 목소리를 듣고, 전달한다. 죽은 이에게 존경을 표하고, 한 영혼으로서 말하게 한다. 대변이라고 하는, 남을 위로하거나 남에게 상처를 주는 표리表裏의 표현의 도전에 과감히 부딪친다.

진은영은 〈문학 상담〉을 대학에서 가르치고 있는 것으로 약력에 소개되어 있는데, 문학이 인간의 정신에 미치는 힘, 문학을 통한 인간의 마음을 전문 영역으로 하고 있는 것일까? 시를 씀으로써 안으로 향하는 것이 아니라, 인간과 사회를 만나고, 대화를 하려고 한다. 도전적, 혁명적으로. 진은영은 한 편의 시를 실마리로 하여, 일본의 우리들과도 마주 대하려 하고 있는 것이리라.

대화가 차단될 때, 폭력과 전쟁이 일어난다. 서로의 바다를 건너, 배우고, 시를 얘기한다. 가슴에 공통의 한 송이 꽃. 꺼지지 않는 촛불. DNA 차원에서 상처 받은 서로의 선조들의 역사가 있었다 해도, 초월할 수 있는 공통의 시성을 느끼고 수용하면서, 이국의 친구들을 가슴으로 안는다.

시바타 산키치 (柴田三吉)

1952년 도쿄 출생. 1977년 시 잡지
《시인회의》를 통해 작품 활동을 시작했
다. 시집으로 『나를 조율한다』『비非, 또
는』『각도角度』등이 있으며, 소설집으로
『시바타 산키치 소설 I、II』가 있다. 쓰보
이 시게지(壺井繁治)상, 일본시인클럽상, 치큐
(地球)상 등 수상.

물개

또 다시 우리 물개들은
코에서 증기기관의 김을 내뿜으며
사람들을 엉뚱한 방향으로 끌고 다니고
단애斷崖의 끝을 엿보게 하고 있다

*

일본 열도, 북방 사람들
아이누인들은
이 거대한 바다동물을
온네프onnep라고 부르며 숭배했다

그 소리를 본떠 중국에서는
온눌膃肭: wana이라는 글자를 차용하고 있다

온눌-수獸(wana-shou)
몸 움직이는 것조차 마음대로 안 되는 뚱보
라는 의미인 듯하다

일본에서는 후에
그들의 할렘적인 페니스로 인해
한방漢方의 정력제를 출하하는데

상품명을 '온눌제膃肭臍'라 붙이고
'ottosay'라고 읽게 했다

onnep에서 wanashou
ottosay로
오랜 세월, 아시아를 회유回游하며
생겨난 이름

*

일찍이 우리 나라의 난폭자들은, 코에서 증기기관의 흰 김을 토해 내고, 할렘적인 페니스를 휘둘러, 주변 국가들을 짓밟았는데, 보는 것 만지는 것 모두를 뱃속에 집어 넣는 나쁜 폭식 습성으로, 몸을 움직일 수 없게 된 뚱보는, 바로 자신의 몸을 멸망시켰다

*

시체 위에 이루어진 평화여
가슴 깊은 곳에서 데워진 평화여

하지만 다시 우리는
우리 나라의 물개적인 자아에 대해
생각하지 않으면 안 되게 되었다

지난 세기의 바다에 가라앉아 있었던 망령들이, 시절이 도래했다는 듯이 기어 나와서, 총구 같은 콧구멍에서 불꽃을 터뜨리고, 이끼가 낀 언어로 재차 국익, 국익이라며 소란을 피우기 시작한 것이다. 죽은 자와 국경과 방사능이 녹아든 바다는, 정말 바다로부터 넘쳐 나와서, 이 나라의 지면을 줄줄 삼켜 간다

*

그렇다면 우리의 인격은 대체 이 바다동물의
어느 부분에 속하는 것일까

물개의 등에 걸터앉아 생각한다
물개가 덮쳐 온다

우리들은 이미 모두 물개라고
물개는 웃는다
하늘을 향해 목청을 울린다

*

─긍지 높은 물개여, 용서해다오 너희들이 인간을 닮은 게 아니다 인간은 다른 무엇과도 닮거나 하지 않았으니

아무 것도 아닌 내가

양洋의 동서를 불문하고
국가는 어디나 감옥이다

때로는 독방이고
때로는 잡거방雜居房이다

느슨한 개방방으로 위장하는 경우도 있지만
대지를, 바다를, 절단하는
울타리에 둘러싸여 있는 것은
차이가 없다

국가란, 날카로운 가시로 사람들을 끌어안는
철조망의 아리아*

*

누구나 나를 일본인이라고 한다

왜일까?

가지에서 떨어져 내린 메밀잣밤나무 열매처럼
이 땅의 영양분에 의해

뿌리를 뻗었기 때문일까

어머니로부터 받은 젖과 언어가
자신도 모르게, 이 땅의 냄새를
내뿜고 있기 때문인가

*

국가를 탈출할 자유는 있다
하지만 그 저 편에
국가가 아닌 장소가 있을까?

국가란
인간의 환상이 만들어 낸 감옥

*

원래는 모두
바람에 불리는 한 톨의 씨앗이었다

빛을 좇아
수천 년을 여행하여, 지금

작은 문화의 구석에 열매를 맺는
아무 것도 아닌 자들

그렇게 깨닫고 난 이래
나는, 남몰래
국가를 버려 왔다

*

하지만 아무 것도 아닌, 나의
등에 박힌 말뚝, 무거운 역사

저 전全씨, 그 양楊씨로부터
이마가 가리켜진다면
나는 일본인이라는 것을
받아들이지 않으면 안 된다

철문을 열고
자신의 발로 옥사獄舍로 돌아와
죽은 이들에게 무릎을 꿇고
기도를 올려야 하리라

인간이, 인간을 용서할 때까지
인간이, 인간에게 용서받을 때까지

———

* 중세 유럽에서 이단자를 고문하던 기구

우울이라는 공통항共通項

"시란 장르는 각국의 독특한 삶과 방식 속에 있다. 민족 언어의 깊이와 기교, 불가피했던 슬픔과 기쁨, 희망과 치유, 자신에 대한 자책과 수행, 시적 이상을 통해 몸이 배운 사회적 본능을 영혼 속에 수용하는 형식이다."

한국 고형렬 시인이 쓴 본지 창간사의 한 구절이다. 이는 고유한 문화와 개인 속에서 시가 어떤 자리를 차지하게 되는지를 정확하게 나타낸 것이다. 또한 동시에 문화적 차이가 표현의 다양성을 낳고, 다른 언어로 번역되는 것을 어렵게 한다는 측면도 제시하고 있다. 개개의 영혼을 탐구하려면 고유의 언어를 깊이 파내려 가야 한다. 그것은 언어를 달리하는 타자와의 사이에 커다란 도랑을 만들어내는 것과도 통한다. 하지만 고형렬 시인은 그 도랑을 넘어 공감을 창출해 가자고 말한다. 즉 서로의 다름을 인정하고, 이질인 서로의 모습을 마주하는 것에서부터, 시의 전달 가능성을 찾자고 하는 것으로, 이것은 중요한 제안이다. 인간은 차이, 또는 불가능성을 입구로 하지 않으면, 그 안쪽에 있는 보편적 공통항共通項에 도달할 수 없기 때문이다.

고형렬 시인의 창간호 게재 작품 3편을 읽으면서, 나는 '우울'이라는 기분을 떠올렸다. 우울이란, 실존적인 인식에서 생겨나는 현실 세계와의 위화違和이다. 즉 하이데거가 말하는 "인간은 항상 무엇인가의 기분 가운데 있다"는 의미에서의 기분, 정신의 상태이다. 문명사회의 답답함, 경직된 정치에 둘러싸인 부자유함이 빚어내는 우울한 기분. 고형렬 시인은 그런 것들에 저항하면서 추상도抽象度가 높은 시어로 인간이 도달해야 할 본원적인 장場을 생각해 낸다. 〈상공으로 가는 것들〉이라는 작품에는, "가장 높은 곳에서 잠드는 자들을 쳐다본다/ 환한 정신병동,/ 모두 하나의 상공으로 이주하고 있다"고 하면서, 현대인이 대지와 단절돼 가면서 고층빌딩이라는 구름 위의 누각을 지향하는 불안을 그린다. 환한 정신병동이란, 강렬한 아이러니다.

한편, 중국의 린망(林莽) 시인은 창간사에서 이렇게 말한다.

"뛰어난 시인은 삶 속에서 그에게 종속된 민족의 역사와 현실 생활 속의 경험을 반드시 가지고 있다. 글자와 행 사이에 삶에서 오는 잠재적인 인지와 체험을 체현해 내는 것이다. 그것들은 고심하여 추구되는 것이 아니라 자연적인 흐름에서 나오는 것이다. 내심의 세계로 깊이 들어가서 삶의 원천을 탐색하며 현실의 세계를 마주해야 한다. 그런 작품이라야 신뢰할 가치가 있다."

시가 역사적인 문화와 정신성, 현실 세계의 반영이라는 것은 보편적인 정의이며, 나 자신도 그렇게 생각한다. 하지만 중국의 시인이 이렇게 말할 경우, 그 무게는 한층 증가될 것으로 생각된다. 60년대의 문화대혁명, 90년대의 천안문 사건, 그리고 그 후에도 계속되는 민주화 운동의 어려운 상황. 중국의 시인들은 현재에 이르기까지 이러한 엄혹한 현실 가운데서 시의 언어를 용해시켜 온 것이 아니겠는가? 일견 아무것도 아닌 표현의 뒷면에 무거운 역사가 들러붙어 있고, 인간의 고뇌가 배어 있는 것을 우리는 본다.

"그해는 어떻게 보냈는지/ 외성에서, 시골에서, 도시에서/ 열차의 굉음과 소망하는 편지 속에서/ 매일 아침과 황혼의 집에서"라는 서정적인 시행詩行이 있다. 그리고 산문 속에는 "우리 집 창문에 표어 구호가 가득 붙으며 아버지가 조반파造反派의 차량에 실려 강제로 끌려갔다. 그 후 어둑한 방 안에서 나의 영혼은 철저한 환멸을 경험했다"고 쓰여 있다. 모두가 문화대혁명의 날들을 그린 것이다. 고형렬 시인의 시에 보이는 '우울'이 여기에도 있다. 각각 상이한 요인에서 발생하는 우울이기는 하지만, 그것은 인간 존재의 뿌리에 연결되어 있다. 물론 일본의 시인들도 현재의 세계를 규정하는 이 기분에서 도망갈 수 없다. 행복이라고는 말할 수 없지만, 여기에 언어의 번역 불가능성을 넘어서는 공통항이 있는 것이다.

나무라 요시아키(苗村吉昭)

1967년 시가(滋賀)현 출생. 1993년부터 본격적으로 시를 발표하기 시작. 시집으로 『무기武器』(제13회 후쿠다 마사오(福田正夫)상 수상)、『Birth』(제5회 오노도사브로(小野十三郎)상 수상)、『오브강江』(제17회 도미타 사이카(富田砕花)상 수상)이 있으며, 산문집으로 『문학의 문·시의 문』、평론집으로 『민중시파 르네쌍스』등이 있다. 현재 중소기업지원기관에서 근무하면서 오사카(大阪)문학학교 통신교육부 강사로도 일하고 있다.

알려지지 않은 걸작
— TAKIJI와의 교신交信

어머니는 순박한 여성이었다

산촌에서 농촌으로 시집와서

낮에는 거름통을 메고 밤에는 부업을 해서

나를 길러 주셨다

신앙심이 깊고, 남에게 폐를 끼치는 걸 극도로 싫어하셨다

십여 년 전까지만 해도 일본 내에 그런 어머니들이 많이 계셨다

나는 어머니를 슬프게 하는 일만은 하지 않으리라 다짐하고 있었다

어느 날 밤 꿈을 꾸었다

나는 쫓기고 있었다

서치라이트를 장착한 헬리콥터가 상공을 선회하고 있다

저격을 위한 총구를 겨누고 있는 경찰관을 두려워하면서

나는 뒷문을 통해 어머니 집으로 도망쳤다

그리고 답답한 기분으로 창고에 몸을 숨기고 있었다

이윽고 헬리콥터는 날아가고 안도했지만

검은색 자동차가 급히 다가와서 문을 여는 소리가 들렸다

관리를 대동한 직장 상사가 어머니를 추궁하고 있다

아무래도 내가 쓴 '그 시'가 잘못된 것 같았다

어머니는 허둥지둥하시면서

　세상 사람들에게 폐를 끼쳐 송구스럽습니다

　배운 게 없는 사람이라 '시'에 대해서는 모릅니다만

　부디 용서해 주십시오

하시며 몇 번이나 머리를 조아리고 계신다

검정 칠을 한 자동차 문이 닫히고 흙먼지를 일으키며 사라져 가자

어머니는 울면서 나를 힐책하시는 것이었다

　남에게 폐를 끼치다니

　무슨 짓을 한 거야 너는?

　이 바보 멍청이!

어째서 나는 '그 시'를 썼을까?

내게는 표현하는 자로서의 신념 따윈 없이

겁쟁이처럼 제 신변을 걱정하고 있었다

나는 붙잡혀서 어떤 고문을 받게 될까?

그리고 그 공포와 더불어 어머니를 슬프게 해 버렸다는 걸 무엇보다 후회하

고 있었다

하지만 대체 내가 어떤 시를 썼다는 건가

2016년의 이 일본에서

경찰이 단속해야 할 것 같은

그런 영향력이 있는 시를 내가 쓸 수 있었을 것인가

나는 그 단 한 줄조차

지금은 생각해 낼 수 없는 상태이다

고바야시 타키지(小林多喜二)*의 죽음

2월 20일 타키지는 아카사카(赤坂)에서 이마무라 쓰네오(今村恒夫)와 연락을 하고, 공산청년동맹의 미후네 토메키치(三船留吉)와 만나 음식점에 갔다. 기다리고 있었던 건 쓰키지(築地)경찰서의 특별고등경찰 형사였다. 미후네는 스파이였다.

세 시간 이상의 살의가 담긴 참혹한 고문이 기다리고 있었다. 절명絶命한 것은 오후 7시 45분이었다.

심장마비로 발표된 시신은 이튿날인 21일 밤, 모친과 동생 상고(三吾)가 있는 마바시(馬橋)의 자택으로 운반되었다. 경찰을 두려워하여 모든 병원이 해부를 거부했다. 상가에서의 밤샘도 고별식 조문자들도 모두 검문을 받았다.

『신쵸(新潮)일본문학 앨범 28 고바야시 타키지』(1965년, 신쵸사) p.94~95에서

『신쵸(新潮)일본문학 앨범 28 고바야시 타키지』에는
고문의 상흔이 남은 타키지의 시신 사진 두 장과
시신을 끌어안은 모친 세키의 사진이 실려 있다
1933년 고바야시 타키지 향년 29세
아팠으리라
억울했으리라
『게 통조림 제조 배(蟹工船)』(1929년 9월, 센키(戰旗)사)
『부재지주不在地主』(1930년 1월, 센키(戰旗)사)
『공장세포工場細胞』(1930년 5월, 센키(戰旗)사)
타키지는 프롤레타리아 소설을 쓰고
그 소설이 단행본으로 나오고
치안유지법으로 기소된다

오쿠타마(奧多摩)교도소에 수감되고 보석된 후

타키지는 또 소설을 쓴다

경찰에 구금되어

"죽도竹刀로 구타당했다. 유도로 던져졌다. 머리카락이 며칠이나 빠졌다. 과학
적 조사법인가 뭔가를 30분이나 받았다"

고 편지에 쓴다

생활은 궁핍했으리라

어둠 속에서 빛을 보여준 여성을 체념할 수 없는 고뇌도 맛보았으리라

효도를 하지 못하는 자신을 후회한 적도 있었으리라

그래도 타키지는 학대 받는 사람들을 위해 쓰고

모두가 행복하게 살아갈 수 있는 세계의 실현을 바랐다

그런 작가를 우리 일본국은 살해했다

80년 이상 전에 일어난 사건이라고는 해도

나는 우리 나라 사람들이 한 작가를 공적으로 살해하고

"심장마비"라고 거짓 공표한 것을 부끄러워한다

세계 어느 나라 어떤 시대라 해도

이런 비열한 행위가 이루어지는 일은 없으리라고

나는 우리 나라에서 일어난 일을

떠올리며 부끄러움을 느끼는 것이다

하지만 그래도 아직 타키지는

세계 어딘가에 지금도 있는 것이다

한 그루 나무의 안쪽에는

한 그루 나무의 안쪽에는 한 개의 우주가 펼쳐져 있다

그러므로 나무 한 그루 한 그루의 안쪽에는 각각의 우주가 펼쳐져 있다

거짓말이라고 생각되면

별로 권하고 싶지는 않지만

초승달이 뜨는 밤에

원시림 안쪽 깊은 곳에 뿌리내리는

한 그루 나무의 껍질을 가만히 벗겨내 보기 바란다

당신의 우주가 보일 테니까

당신은 우주 가운데 한 별 안에, 그 중 한 나라의, 한 거리에 존재하고 있는 건데

그 한 거리, 한 나라, 한 별, 한 우주는

단 한 그루의 나무 안에 존재하고 있다

한 그루의 나무는 오랜 시간을 들여 한 개의 우주를 기르고 있다

원시림의 한 그루 한 그루의 나무는 오랜 시간을 들여 각각 가능성의 우주를

기르고 있다

당신은 그 중 어떤 우주를 선택해도 괜찮지만

다른 우주도 당신의 가능성으로서 계속 존재한다

그러므로 필요에 쫓기지 않는 한

안이하게 나무를 베 내지 말기 바란다

한 그루의 나무가 베 내질 때

한 가능성의 우주는 소멸한다

그리고 필요에 쫓기지 않는 한

안이하게 자신의 가능성을 베 내지 말기 바란다

한 가능성의 우주가 소멸할 때

한 그루의 나무는 무너져 내린다

우리들은 한 그루의 나무 안에 펼쳐지는 우주 가운데 있으면서

한 그루의 나무는 무수한 가능성의 하나로서 우주 가운데 존재하고 있는 것
이므로

우리들은 자신의 나무를 선택하기만 하면 된다

반드시 어딘가에 뿌리내리고 있는

우리들의

행복의 나무를.

창은 열렸다

김기택과 선웨이(沈葦)의 작품을 중심으로

외국어로 쓰여진 시를 정확하게 감상하는 것은 불가능하다고 나는 미리 예단하고 있다. 언어 번역의 한계와 더불어, 그 시나 시인을 배출한 역사적·사회적 배경을 알고, 그 시나 시인을 배출한 풍토를 체감하지 않으면, 시인의 진의를 손상시킬 경우가 있기 때문이다. 그러므로 오독誤讀을 각오하고, '나무라 요시아키는 이렇게 읽었다'는 것밖에는 전달할 수가 없는 것이지만, 그와 같은 부정확한 행위의 축적이야말로, 국제 동인지에 요구되는 것이리라.

김기택은 한성례 시인의 편역에 의해, 기간既刊 시집 6권에서 뽑아낸 번역선 시집 『바늘구멍 속의 태풍』(2014년, 시쵸샤(思潮社))이 출간돼 있어서, 한국 동인 중에서는 내가 가장 친근감을 갖고 있는 시인이었다. 김기택의, 일상에서 익숙해져 있는 묘사 대상의 표층을 벗기고, 그들의 기본 골격을 폭로하는 것 같은 시는, 이미 읽은 바 있지만, 『몬순』 창간호에 게재된 김기택의 시 〈김치 항아리〉도, 상실되어 가는 옛 한국 사회의 다양한 모습을 형이상학적으로 인식하면서, 알기 쉬운 언어로 환언換言한 수작秀作으로 생각되었다. 할머니 머리 위에 얹힌 "제법 큰 항아리"는 가족을 지탱하는 소중한 것의 상징일 것이다. 항아리 안에는 "열 식구가 한 해 먹을 김장" 외에도, 갓난아기와 죽은 시어머니, 바람기 있는 남편까지 채워져 있다. 그래도 "할머니 표정과 걸음은 편안"하며, 항아리는 "할머니 머리 위에 느긋하게 얹혀져" 있다. 한순간 박살나 버리고야 말 위태로운 항아리(서민의 생활)를, 지난 시대의 할머니는 끈질기게 지켜 왔다. 하지만 눈부시게 변화해 온 현대 한국 사회에 그런 할머니는 이제 없다. 나는 그런 슬픔을 이 시에서 읽을 수 있었다. 두 번째 시인 〈베란다〉에서는, 노동자들이 짧은 시간 담배를 피우며 쉬고 있는 모습이, 신비한 기법으로 그려져 있다. 마지막 연의 "들숨 가득한 하나의 허파가 들어가고/ 몸을 빠져 나오고 싶어 안달하는 심장 둘이 나온다"는 부분에 이르러, 이미 전체적인 인간이 아니라, 개개의 기관器官이 자기를 주장하기 시작하는 섬뜩함

조차 느끼게 하는 작품이다. 세 번째의 시 〈봄〉은, 되풀이되는 "폭발"이라는 단어가 처음에는 명확한 모습을 드러내지 않지만, 두 번째 연에 가서 "폭발로 추위가 깨지고/ 추위에 간혀 있던 따뜻한 바람이 풀려 나온다"는 부분을 통해, 김기택의 '봄'을 묘사하는 예리한 감성에 경탄하였다.

중국 현대 시인들에 관하여는, 나 자신 전혀 예비지식을 갖고 있지 않았으나, 선웨이의 사진과 "신장(新疆) 위구르 자치구로 이주"라는 이력을 보았을 때, 나는 이 시인에게 강력히 이끌리는 느낌을 받았다. 『몬순』창간호에 실린 선웨이의 3편의 시에 대하여는, 시 작품 뒤에 붙은 산문 〈대화〉에 해설이 되어 있어서, 어느 정도 감상鑑賞의 줄거리는 잡힌다. 자국自國 이외의 곳에서 시가 읽힐 것을 상정한다면, 이와 같은 자작시 해설은 매우 유용하다. 선웨이의 시 〈고향을 계속 찬미하는 것은 죄인이다〉는, 역설적인 표현을 통해 시인의 강한 의지를 관철한 저항 시이다. 선웨이가 찬양하기 위해 부득이하게 꺼낸 것은 "집에 남은 나무 세 그루뿐"이지만, 그 나무는 "머리를 풀어헤치고" 있고, 게다가 "머리를 감싸고 통곡하는 세 병자病者"이다. 그러나 어떠한 가혹한 상황에 처해서도 나무는 우리가 사는 세상을 계속 지켜보리라. 선웨이의 첫 번째 시 〈대화〉도 힘 있는 작품이다. 대립하고 있는 어느 쪽에도 서지 않고, 다만 "죽은 자 쪽에 서 있을 뿐"이라는 결의야말로, 시대와 장소를 넘어 지속적으로 전해져야 할 자격을 지니는 것이다. 마지막 시 〈가자 지하터널〉에서는, 시인이 신장 위구르 자치구에서 널리 세상의 문제와 관련된 본질을 꿰뚫고 있는 안광眼光의 예리함이 느껴진다. 어떤 문제도 우리와 무관계인 것은 없다는 것을, 새삼 깨닫게 해 준 좋은 시였다.

스즈키 히사오(鈴木比佐雄)

1954년 도쿄(東京) 출생. 양친은 후쿠시마(福島)현 출신. 1987년 시 잡지 《콜색(Coal-sack: 석탄포대)》을 창간하여 현재 85호까지 편집·발간하며 시와 시론을 써오고 있다. 시집으로 『나무딸기 지도』 『날의 흔적』 『스즈키 히사오 시선집 133편』 등이 있으며, 시론집으로 『시의 원고향原故鄕에 『시가 쏟아져 내리는 장소』 『시인의 심층탐구』 『후쿠시마·토후쿠(東北)의 시적 상상력』 등이 있다. ㈜콜색사 대표, 일본현대시인회, 일본펜클럽 회원.

듀공의 친구로 끼워주기 바란다
─ 백합조개의 헤노코(辺野古)*에서

1

헤노코의 바다 빛을 보고 싶다

헤노코의 파도소리를 듣고 싶다

헤노코 해변의 생물들을 만지기를 원했다

헤노코의 해초 밭에 사는 듀공을 보고 싶었다

바다가래랑 가시바다가래가 보고 싶었다

붉은 산호랑 푸른 산호에서

아직 보지 못한 헤노코 바다의 주인이 부르고 있었다

2

헤노코·오우라(大浦)만灣의 할리 해변에서

엷은 황금색의 해변에서 유백색乳白色의 백합조개를 주웠다

그리고 금방 씻은 듯한 손톱 같은 백합조개를 주웠다

그리고 또 동그란 얼굴의 미녀 같은 백합조개를 주웠다

그리고 또 또 백금색 전등 같은 백합조개를 주웠다

순식간에 왼손은 백합조개로 가득 찼다

파도가 부서지는 물가에서 또 한 개를 주우려 하자

백합조개가 움직이고 있는 게 아닌가

뒤집었더니 껍질 속 주인이 목을 움츠리고 있다

"미안해요" 하고 말하며 가만히 모래로 돌려주었다

그 엷은 황금색의 해변 자체가 심호흡을 하고 있다

백합조개를 아침 해에 비추자
빛을 모아 황백색으로 발광發光한다
들여다보고 있으면 거룩한 거울처럼 빛을 내기 때문에
작은 거울조개**라는 별칭을 얻은 것일까?
해변은 숲에서 날라온 흙과 조개껍질과 산호가 뒤섞여
어느 샌가 회백색이 섞인 엷은 황금색의 해변이 되었으리라

엷은 황금색 해변의 흰 파도 저쪽은 남색에서 연록색이 되고
다시금 엷은 남색, 남색, 남청 빛깔의 감청색이 되고
수평선상의 하늘색과 이어져 간다
하늘에는 엷은 남색의 듀공 무리 같은 구름이 떠다니고 있어서
구름 사이에서 아침 햇살이 새 나와 해면에서 춤 추고 있다
만일 내가 다이버라면 이 바다에 잠수하여
듀공의 먹이 장소인 해초 밭을 산책하리라
틀림없이 그곳은 내가 사는 간토(關東)평야의 츠쿠바(筑波)산 바위가 많은 곳의
"엄마의 태내胎內 순례" 같은 거룩한 장소임에 틀림없으리라
오키나와인이 목숨을 바쳐 다시 태어나는 성지는 후세에 넘겨야만 한다

3
오우라만의 입구 할리 해변의 왼쪽은
콘크리트로 굳혀진 견고한 철망 울타리가 끊기어 있다
철망 너머 저편에 수십 명의 미군들이 대열을 지어 걸어가고 있다

이 앞쪽은 70년 이상이나 미군기지인 캠프 스왑인가
현재도 미래도 왜 헤노코 해변은 점령이 지속되어야만 하는가
다시금 "걸어가는 산호"인 돌산호가 서식하는 해중림海中林을 매립하여
미군을 위해 일본인의 세금으로 영구 기지를 만들려고 하고 있다
철망에는 영어와 일본어로 "경고"판이 붙어있다

WARNING 경고

These acts prohibited and punishable under Japanese law;

-Attaching any object to the fence, posts, or related structures

-Defacing, vandalizing, or removing any portion of the fence, posts,

related structures or this sign.

Violations will be reported to the Japanese Police.

이 울타리 등에 이하의 행위를 하는 것은 금지되어 있으며,

일본국 법령에 의해 처벌의 대상이 될 수 있다.

-물건을 설치하거나 첨부하는 행위

-훼손하는 행위, 파손하는 행위, 제거하는 행위

위반자는 일본국 경찰에 통보한다.

MARINE CORPS INSTALLATIONS PACIFIC 해병대 태평양 기지

여기서부터 앞쪽은 일본이 아니다, 미군 해병대 태평양 기지였다
그 옆에 다섯 장의 횡단막이 "경고"를 무시하고 붙여져 있다

헤노코 기지는 필요 없다
헤노코 기지 반대
전쟁과 동의어인 "안전보장" "기지基地 저지력沮止力" 헤노코에 기지는 설치
하게 하지 않는다!
ＳＴＯＰ 전쟁으로 가는 길
지구를 파괴하지 말라

횡단막이 미군 기지에서 불어오는 해풍으로 인해 부풀어 오른다
철망 너머의 압력에 휘어지며 저항하고 있다
횡단막에 쓰인 말은, 제거되어도 또 계속 설치되리라
"아름다운 바다"를 매립하여 새로운 기지를 만드는 일은
일·미 정부가 오키나와인의 "모태"를 영원히 범하는 것이 분명하다

4
길 안내를 해준 화가이자 시인인 히사가이 세이지(久貝淸次) 씨가
해변에서 찾아낸 아름다운 조개를 건네주었다

붉은 조개/ 긴 조개/ 둥근 조개/ 백합조개/ 자패/ 대합/ 네모 조개/ 큰 조개……

새하얀 바탕에 붉은색 아침 해의 띠가 열다섯 개나 그려져 있는 조개
붉은색과 검은색 벽돌로 둘러싸인 불탑처럼 거룩한 조개
붉은 차와 녹색 무지개가 몇 단이나 겹쳐진 것 같은 짙은 색 조개

새하얀 바탕에 다갈색 코끼리 같은 무늬가 그려져 있는 자패紫貝
일찍이 오키나와에 자패를 찾으러 온 사람처럼 나의 보물이 되었다

아침 일곱 시에 히사가이 씨가 온 지 아직 몇 시간밖에 되지 않았다
전날부터 빌려온 렌터카로 나하那覇 시내의 호텔을 출발했다
길 안내를 하는 히사가이 씨와는 십여 년 만의 교류였다
히사가이 씨로부터 도쿄(東京)에 살고 있었을 무렵에 시집 한 권을 받았다
오키나와에서 죽어 가는 어머니에 대한 감사와 상실감을 적은 연작시편이었다
그 시집에 끌려 개인적인 서신과 전화가 이어졌다
그 후 오키나와로 귀향했다는 연락을 받았다
어젯밤에는 재회를 기뻐하며, 술을 대작하였다
히사가이 씨는 가츠시카 호쿠사이(葛飾北斎)***가 상상으로 그린 〈류큐琉球
****팔경八景〉과 대비시켜
현대판 〈신·류큐琉球팔경八景〉을 수년 전에 그려서 개인전을 열었다
180년 후의 오키나와 해변이나 시가지 풍경을 치밀하게 그려내고 있었다
그 그림 속에 그려져 있는 바다색을 내 눈으로 보기를 원했다
니시하라(西原) 인터체인지에서 고속도로를 타고 왼쪽에 있는 광대한 후텐마
(普天間) 기지가 신경이 쓰였는데
그 다음의 카데나(嘉手納) 기지, 캠프 실즈, 캠프 핸슨을 보자
오키나와는 미군 기지와 연습 구역 속에 존재하고 있다는 걸 알았다
캠프 핸슨에서는 금년 열네 번째의 산불이 일어났다는 보도가 있었다
실탄 사격장에서 날아오는 유탄과 피탄被彈, 소음 피해와 산불로

인접한 주택에 사는 오키나와인은 얼마나 수명이 줄어들었을까
이렇게나 광대한 토지를 연습 구역으로 제공할 필요가 있을까
최근의 큰 산불은 미군이 이튿날 아침에야 겨우 진화한 듯하다

나고(名護)만灣을 왼쪽에 두고 쿄다(許田) 인터체인지에서 내려 미군 시설인
캠프 스왑으로 향한다
게이트 앞에서는 농성 텐트가 길에 나란히 쳐져 있고
신기지 건설을 반대하는 사람들이 앉아서 집회를 하고 있다
많은 사람들이 다가와서 격려하고 있다
나도 전해 받은 마이크로 공감의 의지를 전한다
한 순간이라도 눈을 돌리면 듀공이 서식하는 "아름다운 바다"가 오염되어 간다
그런 위기 의식이 팽배하고 있었다
길가의 작은 노란색 바탕의 횡단막에는 청색과 녹색 글자로
"이기는 방법은 포기하지 않는 것, 지사知事와 함께 힘 내자!"
라는 글자가 붉은 물고기 일러스트와 함께 쓰여 있었다

5
해변을 본 후에도 캠프 스왑 입구 앞에서는 농성이 계속되고 있다
헤노코 어항漁港에서는 십수 년 간이나 바다의 이변을 감시하고 있는 사람들이
햇볕에 탄 온화한 얼굴로 담담하게 바다에서의 공방攻防을 얘기해 주었다
그런 사람들과 작별하고 히사가이 씨와 나는 나하 시내로 향했다
나는 어젯밤 읽은 히사가이 씨의 시 〈친구에게 보내는 편지〉를 생각하고 있었다

그대는/ 남을 배신하지 않는다/ 남을 공격하지 않는다/ 무기를 지니지 않는다/

그대는/ 평화의 사자다/ 우주는 그대에 대해/ 신경을 쓰고 있다/ 한 생명을/ 멸망

시키는 것은/ 전세계를 멸망시키는 것//

그대는 듀공/ 그대가 없어지는 건/ 슬프다/ 슬픈 일이다//

그대는/ 신장 3미터/ 체중 450킬로그램/ 몸은 회색/ 배쪽은 엷은 색이다/

그대는/ 귀가 아주 밝다/ 코는 원반형/ 그 작은 눈으로/

멀리까지 볼 수가 있다//

그대는/ 바다에서 태어나/ 바다에서 자라고/ 바다에서 죽어/ 바다에 녹아든다//

그대는 바닷물/ 생명의 근원

(히사가이 세이지 〈친구에게 보내는 편지〉 후반부)

그런 시를 쓴 듀공의 친구와 함께 헤노코 해변을 돌았다

귀로의 자동차에서 세계에서 가장 위험한 후텐마 기지를 고통의 뿌리처럼 느꼈다

나도 듀공을 지키는 친구의 한 사람으로 부디 끼워 달라고

"생명의 근원"을 응시하고 있는 히사가이 씨에게 부탁했다

---

*일본 오키나와(沖繩) 나고(名護)시의 지명.

**백합조개의 일본어 명칭은 거울조개(鏡貝)이다.

***일본 에도(江戶) 시대의 유명한 풍속화(浮世繪) 화가

****오키나와의 옛 이름

「아시아의 새로운 풍경」과 「조용함」
한국 시인 심보선과 중국 시인 쑤리밍(蘇歷銘)

국제 동인지 『몬순』 창간호에 수록되어 있는, 심보선 시인과 쑤리밍 시인의 시와 산문의 번역을 통해 느낀 것을 생각해 보고자 한다. 우선 "동인인 심보선 시인, 쑤리밍 시인"이라고 이름을 소리 내어 읽으며, 두 사람의 시 정신에 말을 걸어 본다.

심보선 씨는 세 편의 시 〈어떻게 해야 할까요〉, 〈모국어의 저주〉, 〈시인 생각〉을 발표하고 있다. 첫 번째 작품 〈어떻게 해야 할까요〉는, 제목이 너무나도 심플하여, 무거운 얘기지만, 그와 같은 질문을 던지는 성실한 삶을 영위하고 있을 것이다. 심 시인의 이 질문은, 틀림없이 한국의 한 시인의 질문이라기보다, 전 세계의 인터넷 가상현실 속에서 살아가고 있는 많은 젊은이들의 목소리를 대변하고 있는 것으로도 생각된다. 첫 세 행, "이 집에선 아무도 태어나지 않았고/ 아무도 죽지 않았는데/ 지나치게 많은 선물과 유품이 있네요"에서는, "이 집"(가상 현실) 안에서 생사의 경계가 없어지고, 인류가 낳은 지식이나 역사가 굴러다니고 있는 것처럼 생각하게 한다. 한국의 심 시인 세대나 그 아래 세대는 인터넷 공간에 푹 젖어서, 이미 그 극한의 비참함을 느끼고 있을지도 모른다. "선물과 유품"이란, 리얼한 지구 환경이나 생활 세계에서의 지식이나 지혜를 얇게 도려내어, 손쉽게 가공한 일반적 지식일 것이다. 그것들을 어떻게 활용할 것인가, "결정의 순간들은 다 지나갔다"며, 의사 결정을 영원히 뒤로 미뤄 간다. 그리고 "이제 어떻게 해야 할까요"라는, 자신의 삶의 방식에 대해, 가상현실의 누군가에게 질문하는 일의 불가능성을, 독자에게 밝혀 주고 있는지도 모른다. 시 〈모국어의 저주〉에서는, "모르는 나라의 말을 말하라/ 천국에 가고 싶거든"이라고 말하고, 시 〈시인 생각〉에서는, "오늘 밤이 세상에 단 한 명이라도 잠들지 않고/ 밤새 시를 쓰고 있기만 하다면/ 그것으로 충분합니다"라고 말한다. 그런 심 시인의 시 정신은, 비교할 수 없이 고귀한 것이며, 시인에 대한 사랑으로 충일해 있다. 심 시인이 산문에서도 말하고 있는 "아시아의 새로운 풍경"은, 그의 시 세 편에 의해 감동적으로 마음 속에 솟구쳐 올라왔다.

쑤리밍 시인은 세 편의 시, 〈힐튼호텔 중앙홀에서 차를 마시며〉, 〈유랑하는 참새를 데리고 집에 돌아오다〉, 〈감자 껍질을 깎는다〉를 발표하고 있다. 그 외에 산문 〈조용한 글쓰기─한 시인이 잃지 말아야 하는 뛰어난 품성〉에서, 아래와 같이 자신의 시론을 말하고 있다.

"조용함은 일종의 상태인데, 우리에게 충분한 큰 공간과 긴 시간을 줄 수 있으며 생활과 거리를 떼어놓을 수 있다. 자신이 표현하고자 하는 생각을 깊이 관찰하며, 나아가 내심의 진실한 의도를 깊이 있게 해설할 수 있어야 한다. 글쓰기는 최대한도로 자신을 열고 문자를 통해 시인이 생각하는 영혼을 언급하는 것을 의미한다. 이것이 시인이 존재하는 의미이다"

이처럼 "조용함"이라는 "상태"가 시 정신의 원천이며, 거기서 빼어난 시가 태어나는 것이라는 쑤 시인의 시론은, 근원적이며 시작詩作과 사색이 일치하는 이상적인 시 정신을 나타내고 있다. 시 〈힐튼호텔 중앙홀에서 차를 마시며〉에서는, "기억의 서랍 속에 아름다운 이름이 가득 장식되어 있는데/ 지금, 내 진실한 마음을 서로 비추는 형제로 누가 있을까?"라며, 진정한 벗을 상기한다. 시 〈유랑하는 참새를 데리고 집에 돌아오다〉에서는, "나는 갑자기 참새 몇 마리를 데리고 집으로 돌아오고 싶었으나"라며, 참새에 대한 애정을 얘기한다. 시 〈감자 껍질을 깎는다〉에서는, "공기 속에서 새로운 상처가 갈라 터져 나오며"라고, 감자에 대한 아픔을 자신의 일처럼 느끼고 있다. 쑤 시인의 "조용함"에는 풍성한 시 정신이 깃들어 있다.

심 시인의 "아시아의 새로운 풍경"과 쑤 시인의 "조용함"은, 번역을 통해서도 나에게 충분히 이해될 수 있었다. 이런 까닭으로, 국제 동인지 『몬순』의 한국과 중국의 동인들과는, 시 정신을 상호 자극할 수 있는 존재가 될 수 있을 것이라는 예감이 들었다.

중국

리쟌깡 ― 린망 ― 선웨이 ― 쑤리밍 ― 천량

리쟌깡（李占剛）

본명은 리쟌깡（李戰剛）. 1963년 길림시에서 태어나 뚱베이（東北） 사범대학 정치학과 철학 전공을 졸업했다. 1990년대 러시아 방문학자 및 일본 도야마（富山）대학 문학 석사, 중국 런민（人民）대학 사회학 박사를 취득, 현재 뚱베이사범대학 특별초빙교수, 중국런민대학 사회학 이론과 방법 연구센터 부연구원을 지낸다. 시집으로 《무명집》 《네대 때린 영혼》 《독백》과 산문집 《태산을 향해 달리다》이 있고, 중국시서화 정상논단 단시 금상, 중국당대시가 정신기수상 등을 수상했다.

꽃놀이

만약 쾌락과 고난을 예측할 수만 있다면
날들은 놀라 질겁하고 기쁨에 놀란 원자탄이 될 것이다
일본해의 상공을 쌩 하고 지나가면
이때 한 마리의 잠자리 그림자가 거꾸로 비춰지며
유리 날개의 진동에 떨어지는 꽃잎을 가볍게 부쳐 주지만
좌우간 벚꽃이 피는 날은 예측할 수 있다나
확실히 말해서 아기의 출생일을 예측할 수 있듯이
4월 2일에 벚꽃이 만발했다

벚꽃의 전선이 남에서 북까지 하나씩 승리로 펼쳐졌다
추상적인 아름다움 혹은 구체적인 화려함
멀리서도 서로 뜻이 통하는 봉화대
사방이 점화돼 그 벚꽃놀이 객들의 어떤 달콤한 욕망
혹은 추함과 죽음이 하나씩 지고 퇴각했다
제일 잔인한 달 4월에 꽃잎에서 가루가 떨어지며
욕망은 죽은 진흙 속에서 부활했다
황야, 〈4개의 4중주〉에 의해 다시 한 번 일깨웠다
만약 아름다움을 한 차례의 전쟁이라 한다면
그럼 전리품은 흘러가는 물에 떨어진 벚꽃과
산산 조각난 음표, 한자의 편방부수겠지

나에 대해서는 서에서 동까지

중국에서 일본이라 부르는 조용한 섬나라까지
나는 일부러 꽃을 구경 온 낯선 사람으로
사후의 전답은 이미 잘 거둬들였는지?
서에서 동까지는 마치 또 다른 트로이의 전쟁과 같지만
그러나 역사는 끝내 고증할 수 없는 전설로 변해 버렸다
한 차례 아름다운 모험을 위해
나는 당나라에서 총총히 왔지만
이번엔 상상을 합금의 날개로 변화시키고
마음의 안정과 부드러움으로 바꿨다
충분히 알아들을 만한 벚꽃의 깊은 곳에서 들려오는 밀어와 소리
그녀들의 달콤하고 아름다운 하모니 소리를 들었다

벚꽃에 대해서는 안팎으로 미소가 노출되었고
꽃들은 그저 한 종류 인류의 언어만 식별할 줄 안다
그러나 꽃은 인류에 비해 더 오래된 것을 더하거나
혹은 장수를 더했다
꽃은 인류보다 더 밝은 달과 구름과 신선한 바람을 그리워한다
꽃은 나를 식별할 수 있다, 이 일부러 꽃을 보러 온 타향 사람을
당나라 僧의『자서첩』반권본*은 늘 품었지
예리한 비수와 그의 그림자를 품은 것이 아니었다
그의 미소는 바로 미소 자체였다
신의 손에서 온 나무에 피어야 할 필요는 없다

나무 아래서 꽃등을 켤 필요도 없다
서양 타객의 허둥거림에 꽃의 자태가 빛을 잃었다

담벼락이 없는 벚꽃 통로를 지나
난 여덟 겹으로 피는 벚꽃의 입구로 들어갔다
만약 평화와 희열에 색깔이 있다면
그것은 분명 분홍색일 것이다
꽃은 분명 태양처럼 눈부시지는 않았다
마치 상하이에서 일본해로 날아온 것처럼
분명 꽃잎의 가장자리를 따라 나는 듯 달리는
호쿠리쿠의 신칸센처럼
구로베와 나가노의 기나긴 터널을 관통해
눈(雪)과 심해의 색깔을 그리워하며
문학과 아직 덮지 못한 시집을 생각하며
또 다른 터널에 들어가는 걸 배우려 한다
이것은 분홍색, 한 번에 고향으로 돌아가는 길
멀고 먼 메아리 속에서 꽃이 떨어지는 소리를 잃어버렸다
벚꽃이 떨어지는 속도와 무게 속에서
어질어질 정신을 잃었다

---

* 당나라 때 승僧이자 서예가인 화이쑤(懷素, 725-785)의 서예 기법서인 『자서첩』의 일본 반 권본
(일본에 전해진 잔본)을 가리킨다. 최종적으로 진필 여부를 알 수 없지만, 복사본(콜로타이프)이 현
재 도야마 현에 2권, 교오또 대학 도서관에 1권 남아 있다.

청명절

엄마가 살아 계셨을 때
청명은 그저 명절이었다
신난 건 없었지만 마음 상한 일도 없었다
엄마가 돌아가신 후
청명절이 기일로 변했다
붉은 달이 버드나무 가지에 걸리면 눈물 자국이 남았다

엄마가 살아 계셨을 때
꽃나무는 항상 피었고 푸른 잎도 무성했다
엄마가 돌아가신 후
꽃은 어쩌다 한 번 밤사이 활짝 피곤 했는데
활짝 핀 꽃의 꽃말은 사랑과 그리움이었다
꽃들은 오늘밤 동사로 변하고 푸른 잎은 무성할 것이다

엄마가 살아 계셨을 때
청산은 주작처럼 유연하게 구름 사이로 날아갔다
엄마가 돌아가신 후
청산은 와불臥佛로 변했고, 구름은 나무 그늘로 변했다
쑹화(松花)강 물은 반짝반짝 빛을 발하며
당신의 눈앞에서 호탕하게 흘러가
당신은 맴도는 노랫 소리를 들을 수 있을 것이다

사람의 속마음을 잘 이해하듯 퍼붓는 빗물이
내 머리를 적시고, 성장을 갈망하는 땅을 적신다
엄마, 당신이 돌아가신 후
빗줄기도 내 머리를 점점 아프게 했다
천 리 밖의 땅은 해가 갈수록 쇠약해졌지만
그래도 난 비가 비석을 때리는 소리를 들을 수 있었다

이 빗물은 강북에서 강남까지 내렸다
당신이 돌아가신 후
정오만 되면 늘 붉은 태양이 서서히 떠올랐다
고향으로 돌아가는 길은 쾌적하기보단 오히려 축축했다
나와 습기에 날개가 축축해진 일찍 일어난 새가
잡초 중의 풀 하나와 망가진 새집의 새가 되었다

엄마가 살아 계셨을 때
청명절은 무수한 날들 중에 하루여서 열기가 넘쳤지만
당신이 돌아가신 후
청명절은 하루 중 무수한 생각만 남겼다
그것은 넋을 잃게 만들었고 나처럼
태양과 달빛 사이에서 길을 잃고는 점차 차가워졌다

그 오후
— 토마스 트란스트뢰메르(1931-2015, Tomas Transtromer)*에 부쳐

사랑스러운 노인은 이미 시를 다 썼다
당신은 스스로 은신처를 헐값에 내놓았다
그러나 이번에 당신을 향한 투명 고용주는 작별을 종용했다

단어 속에서 당신은 끊임없이 장방석을 두들겼다
북유럽의 겨울에 눈과 바람을 막기 위해
증류 커피에 당신의 시구가 더해지며 함께 긴 밤을 보냈다

그리고 배가 좌초된 발트해의 암초
방문을 살짝 여니 당신은 휠체어에 왕처럼 앉아 있다
저명한 푸른 집, 시의 황궁

당신이 내려놓은 펜이 가만히 기억 속에 눕는다
햇살이 기억의 한 모퉁이를 비추는
그 오후 실내는 끝없이 넓다

회색의 돛이 마치 영원히 벽에 붙은 것처럼
일종의 북방을 향한 이북의 힘이
당신을 향해 솟자 당신은 은밀한 세계의 또 다른 입구가 되었다

먹색의 밤이 동방으로부터 당신을 향해 솟아 왔다
달빛의 속도 속에서 한자와 필세가 힘 있고 생동감 넘치는

순간 난 당신의 아이 같은 웃음에 푹 빠졌다

그 오후의 햇살이 4년이란 세월을 거쳐
분명해진 오늘의 오후
벚꽃이 만발한 상하이 거리 허나 여기 얼굴은 여전히 비밀에 붙이고 있다

그 오후의 햇살이 갑자기 당신의 시집에 떨어졌다
그래, 난 당신의 머리에 그 거대한 빛을 보았다
당신은 가장 가까운 곳에서 금의환향했다. 그래서 슬프지 않았지만

---

* 2011년 9월 초, 필자는 토마스 트란스트뢰메르의 집에서 시가 충만한 오후를 보냈다. 토마스에게 족자 하나를 줬는데 거기에 그의 시구를 "밤은 동방에서/ 서방으로 솟아난다/ 달빛의 속도로"라고 썼다.

린망(林莽)

1949년 중국 허베이성 쉬수이에서 태어났다. 1981년 《축소압》에 시를 발표하며 작품 활동을 시작했다. 시집 『린망의 시』『린망시선』『린망시가 정선집』, 산문집으로 『세월은 순식간에 과거가 된다』『린망시화집』 등이 있다. 2011년 중국작가 마카오 서화전과 2013년 컬럼비아 메델린 시가 축제에 참가했다. 현재 중국 시가 연구간행물 《시탐색》 작품권 주편이다.

내 주차 자리 앞에 벚꽃 한 그루가 있었네

봄바람이 스쳐 지나갈 때 난 전혀 아랑곳하지 않았다
가지엔 겹겹 꽃봉오리가 가볍게 흔들렸다
내가 시동을 걸자
차가 막 새잎이 돋은 작은 은행나무로 후진했다
일 년 중 가장 새로운 사물이 있는 초봄

이후 바로 여름으로 날아간
가려진 북방의 짧은 봄날

이후 바로 가을바람과 겨울 눈
많은 계획은 시간을 따라 흘러가고
이미 잠재되었던 희망도 이젠 실제 역할을 하지 못한다

해가 바뀌는 봄바람 중에
내가 놀라며 느낀 것은 내 주차 자리 앞의 그 벚꽃나무였다
언제부터 날개도 없이 날아갔는지는 모르지만

사방엔 봄기운이 완연했다
벌써 내 면전에서 이 풍성하고 충만한 아름다움이
언제부터 나풀거리는 한 가닥의 푸른 연기가 되었는지
그 내 주차 자리 앞에 실종된 벚꽃나무가
내 봄날의 권태와 딴 데 정신을 판 것을 보았는가

생활은 까닭 없는 허전함
아마도 다시는 그것의 귀결점과 이유를 찾을 필요가 없겠지

봄바람이 스쳐 지나갈 때
내가 운전대를 돌리자 차가 서서히 나아갔고
생활도 새로운 하루를 시작했다

초봄의 이른 아침 첼로 소리에

봄친구가 곡 〈지난 일〉을 위챗으로 보내 왔다
첼로란 감동적인 말에 난 옛 친구들이
날이 갈수록 늙어 가는 얼굴이 생각났다

봄날의 자연 바람이 숲의 가장자리를 스치고 지나갔다
새들이 일제히 울어 대자 첼로는 저음을 내보냈다
세상일이 여유롭다지만 먼 산 푸른색들의 음지 쪽
산복숭아 꽃이 아름다운 초봄의 경치에 번쩍인다

한때 우리가 떠돌던 물의 고향이 생각났다
청춘은 즐거움을 동반하고
하소연할 데 없는 고민과 상처도 동반하지만
그때 우리는 그저 발끈하여 반항만 했다
또 아무 생각 없이 힐책하며: "이 세상이 도대체 어찌된 거야!"

오늘 아침 조간신문에
그 아프가니스탄 전쟁으로 망명한 에게해의 알아사드는
얼마나 우수한 청년이었던가
잘생기고 건강한 신체와 정신, 유창한 영어
그는 고향을 떠나 신혼의 아내와
작년부터 지금까지 보통 난민의 여정 속에
이쪽 국경에서 또 다른 국경으로

이쪽 난민수용소에서 또 다른 난민수용소로
굶주림과 추위와 이별의 아픔을 겪었다

이 세상이 도대체 어찌된 거야! 왜?
세대마다 사람들은 생각하고 싶지 않은 죽음에 당면한다

무지한 봄바람이 너른 들판을 푸름으로 불어 버리자
첼리스트가 마음속에 눈물을 흐르게 하였다

바다를 담아

광활한 바다와 요란한 파도
웅대한 사물에 직면해
하나의 작은 생명은 어떻게 마주해야 할까

어린 시절 시골 사원 장터에 징과 북소리가 하늘을 진동했다
사자춤이 홍색의 갈기를 흔들다가 갑자기 높이 일어나자
전율이 어린 마음속에 각인되었다

그 후 16세 때 그보다 더 큰 사건이 터졌다
바짝 얼어 실망과 대항할 방법이 없는 운명과 마주해
그저 침묵과 강인함으로 ㄱ 어려운 시간을 보냈다

두 살배기 계집애
처음 바다를 본 외손녀가
우리에게 말했다: "바다를 담아."

그런데 바다는 줄곧 세차게 출렁이며
물보라를 반복해서 모래사장에 밀고 온다

집으로 돌아가는 길에
외손녀가 작은 소리로 "바다를 담았어?"라고 물었다

선웨이(沈葦)

1965년 중국 저장성 후저우에서 태어나 저장사범대학 중문과를 졸업했다. 1995년 첫 시집 『순간에 머무르며』를 내며 제1회 루쉰문학상을 수상했다. 시집 『나의 흙먼지, 나의 길』 『선웨이의 시』 『선웨이 시선』、산문집 『신장 사전』 『식물 이야기』 등이 있다. 류리안시가상, 로우강시가상 등을 수상했다. 현재 신장 《서부》 문학잡지사 편집장이자 중국작가협회 시가창작위원회 위원이다.

경로당에서

우리가 사탕과 감귤, 우유를 보내도
그들 얼굴의 무관심한 모양은 바뀌지 않았다
허약은 무력함이 세계를 향해 미소 짓는 것을 의미하지만
매일 절망으로 도움도 안 되는 사람과 같이하고 있다
미녀 원장이 그렇게 고뇌에 잠긴 것을 보면서
"춤과 노래를 신청해 봐 그들도 좋아할 걸"
그녀는 작은 소리로 나와 아라티 · 아라무에게 말했다

휠체어에 앉은 노파 한 분이
창밖의 눈꽃만 바라보며 반나절 동안 움직이지 않았다
주위의 사망 소식이 마치 빠르게 지나가듯
눈꽃은 모두 그녀의 몽롱한 생각 속에서
꼼짝하지 않는 그녀의 몸 밖에서……

몹시 질퍽이는 오솔길을 끼고 교외를 떠나온
이 낡은 위구르족 경로당에선
누구도 말 한마디 안 하고 있지만 마음속으론
자신도 예전에 어딘가에 머물렀었다는 걸 느끼리라

겨울밤

눈은 내리고, 식당은 열기로 자욱했다
화권놀이에 술 마시고 큰 소리로 웃고 떠들다 보니
어두웠던 하루의 얼굴이 마침내 편안해지며
꼭 쥔 몸의 상수도와 하수도가 뻥 뚫렸다

이 식당은 "진향요리"라 부르는 후난(湖南)요릿집
메뉴판엔 비행기로 매일 후난성에서 식재료를 공급받는다고 쓰여 있다
고향 준치, 동정호 쏘가리, 바람에 말린 돼지족발……
자치구의 시민들은 먹을 복이 있는지, 요리와 저장 창고의 술
그리고 몇 명의 식탐가가 함께 목을 통해 뱃속에 넣었다

세계 종말처럼 먹고 마시는 게
내일도 없이 먹고 마시고
중앙 분리대와 검사대를 가 본 먹고 마심
8개의 규정 후 사비를 들인 먹고 마심
여러 지도자부터 상고머리 평민까지, 말씀 좀 여쭙겠는데,
먹고 마시는 것 외에 우리가 할 수 있는 게 뭐가 있죠?

말도 한 필 없이 짐 실은 식충들이 집으로 간다
쏜살같은 소형차의 머리와 엉덩이가 눈밭에 깊이 빠졌다
마치 얼른 사라지는 지지대처럼 마지막 한 방울의 기름을 쓰고
마지막 남은 힘으로 술 배달하는 귀신들이 출발했다

혹은 가속 마력으로 겨울과 지구를 뚫고 나갔다
그 중에 술에 취해 인사불성이 된 총 기사가 외쳤다
"빨리 교통사고나 나라, 난 살고 싶지 않아!"

진흙탕의 물

물이 내 몸으로 흐르며
니야강과 예얼창강
허텐강과 아커쑤강
다리무강……으로 흘러간다

그러나 난 먼지 속에 빠져
오아시스 여자와
여름의 가시 장미를 사랑했다
먼지가 날 정기 시장과 마쟈(신쟝 위구르 자치구)로 데려갔다

가뭄에 구이처럼 된 내륙을
두드리자 함석판 소리를 내며
황사와 미라를 불러왔다

내가 먼지 속에서 졸다 보니
눈 깜짝할 사이에 백발로 희끗해졌다

그러나 내 마음은 한 개의 오리 알처럼
오븐에서 경쾌하게 팔딱거리고 있다

물이 내 몸으로 흐르며
내륙을 씻어 내고 있다

먼지와 겉흙과 흩날리는 모래

진흙탕의 물이
빠르게 흐르고 있었다

쑤리밍(蘇歷銘)

1963년 중국 헤이룽장성 자무쓰시에서 태어나 길림대학을 졸업했다. 일본 츠쿠바대학과 도야마대학에서 거시경제분석을 전공해 투자은행 등지에서 오래 근무했다. 시집으로 『들판의 죽음』 『날아가는 새』 『비련』 『개활지』 등이 있고, 산문집으로 『세부와 조각』 등이 있다.

거울 속

정면으로 거울을 비추자
소년인 자신이 보였다
입술은 약간 두툼한 게 말투가 좋지 않은 것 같다
속마음은 또 전부 아는 것처럼
이마가 넓어 영화를 상영할 만한 대형 스크린이다
사람들 속에서 조용한 처녀
사유한다고 강이 바다로 뒤집히나
눈알이 평면측정기 속 물방울처럼
평형점을 찾는 흔들림 중에
손과 발은 한 번도 지면을 벗어나지 않았다
먼 곳을 동경하다 강다리를 지나가는 녹피綠皮열차
나 홀로 자주 뜨거운 눈물이 눈가에 그렁그렁했다

측면에서 비췄을 때
양 측면이 이미 백발이 잡다하게 보였다
반짝이는 은색의 빛
청춘부터 지금까지 달아나는 토끼처럼 날쌔게
모든 울타리와 함정을 넘어
도시를 풀밭으로 삼고
그림자를 푸른 풀로 보았다
후미진 곳에서 끊임없이 피부의 각질을 찢으며
생명의 바탕색이 나타났다

엄청나게 큰 비굴함은 찻잔 속에서 휘저어 섞고 있다
단숨에 마셔 버리고 고개를 돌리자
여전히 표정이 훤했다
시선으로 갈 길을 평평하게 받치고 선의로서 상처를 어루만진다
본심에 어긋나지 않고 아첨을 안 하고
옹졸하게 생긴 족속들과 말하지 않는다

사실 난 오늘의 나를 똑똑히 보고 싶다
초미세먼지가 자욱한 베이징
사래가 들어 부득이 고개를 숙인다
고개를 숙여도 난 거울을 보지 못했다
거울 속의 사람이 보이지 않았다
어린 시절 개에 물렸던 발등의 상처도
전혀 보이지 않았다

폭죽

끝내 적합한 말을 찾지 못하고
폭죽의 현란함을 묘사했다
칠흑 같은 어두운 밤에
매번 하늘 높은 곳에서 일어나며 터져
갑자기 나타난 인간의 모든 꽃
아름다움에 놀람과 쓸쓸함 번성과 적막
난 반드시 입술을 깨물고 눈물이 흐르거나
떨어지지 않게 한다

처음 베이징에 왔던 만추의 밤
징산(景山) 뒷골목의 길가에 앉아
광장의 하늘을 바라보았다
한밤을 솟아오른 폭죽
그것들이 점화한 혈맥 속의 피 한 방울마다
난 이미 스스로를 찬란한
폭죽으로 변화시키고 싶었다
조국이 가장 어두웠던 시절에
합당한 빛을 발했다

시간이 생명의 길이를 소멸시키자
폭죽의 빛은 다시는 청춘을 점화하지 않고
단지 딱지가 앉은 마음만을 밝혀 줬다

지금 폭죽이 예상 외로 활짝 피었다
난 빛살의 암담한 순간에
그저 조용히 고개를 들었다
어쩌다 안 좋았던 지난 일이 생각났다
지난 일은 폭죽에 비해 더 오래 피어나
어느 것은 몸속을 파고들어
단단한 뼈에 화상을 입혔다

올 구정 때
난 좀 더 많은 폭죽을 사려고 계획하고
다시는 어떤 의미도 부여하지 않았다
사람들이 빠져나갈 무렵
혼자서 폭죽을 점화해
그것이 어두운 밤을 밝히는 걸 보고 싶었다
나 자신의 생명 속에서 얼마나 더 많은 송이의
아름다운 꽃이 피어나는지

물싸리꽃 필 무렵

흙길에서 마주친 크고 튼튼한 황구 두 마리가
수시로 내 옆으로 뛰어와
바지통의 냄새를 맡았다
내 호주머니엔 탄소 만년필 하나가 있었는데
정말이지 그것을 뼈로 바꾸어 버리고 싶었다

결국 우리는 치시(旗溪) 마을 입구에서 헤어졌다
개들은 마치 번개마냥
신속하게 하얀 벽 뒤쪽으로 사라졌다
하얀 벽 밑바닥은 오랜 기간의 장마에 침식돼
마치 고생스러운 길을 가는 노인네의 구두처럼
얼룩진 시간의 오점이 있었다

내 눈엔 늘어선 나무 울타리를 넘어
빽빽하게 우뚝 선 대나무 숲이 보였다
모든 남아 있는 마른 잎을 지고
그 가지로 많은 멜대를 만들어
산비탈을 오르내리기에 충분했다

몸을 돌려 막 떠나려던 찰나
얼핏 무의식중에 대나무 숲 뒤쪽에 움푹한 지대가 엿보이며
물싸리가 쉽사리 발견되지 않을

저지대에 갑자기 드넓게 드러나
아름답게 짠 견직물의 꽃 바다였다.

물싸리는 그렇게 약한지
소리 소문 없이 피고 소리 소문 없이 졌다
송이마다 비천함 속에서
자신만의 가장 아름다움으로 피었다
그들은 생사기로에서 서로 껴안고 끊임없이 퍼져 나갔다
아름다움으로 무리 져 가냘픈 빛으로
인간의 어둠을 비추고 있다

아무 목적 없이 빈둥거리는 걸 포기하고
꽃의 바다에 기댄 막바지 풀 더미에서
물싸리가 산들거리는 조용한 아름다움을 바라보자
그것들은 날 감동시켰다
소박하고 아름다운 물싸리 중간에
본시 잘 놓였던 지난 시간들이었지만
정오 동안 난 무엇을 놓아야 할지
생각해 보지도 않았다

천량(陳亮)

1975년 산둥(山東) 쟈오조(胶州)에서 태어난 중국작가협회 전대위 위원. 시간사詩刊社 제30회 청춘시회에서 당선되어, 화문청년시인상, 리숙통(李叔同)시가상을 받았고, 중국 10대 농민 시인으로 불린다. 시집으로 『시골마을의 편지』가 있다.

따스함

따스한 그 오솔길을 저녁놀이 핥아 주고 있다
훈훈한 작물의 향기에
어슴푸레한 하얀 빛이 나타나자
사람들이 가다 서다 걸어 나온 그런 밝음
땔나무의 유골 땅을 내리쬐는 그런 밝음
그쪽 새똥으로 가득한 둥산(東山) 벽은 따뜻했다
벽에는 굴렁쇠가 걸려 끌고 나온 말이 여기 있다
발을 차자 기름진 살이 흔들거렸다
꼬리털로 세게 내려치자 붉어진 파리 벌레
히힝 소리를 내며 극도의 흥분 속에
강제 노역하는 불만을 약간 드러냈다
조리돌리는 두부 따뜻하기는 따뜻하다
오랫동안 보지 못한 그였는데 오늘 갑자기 나타나
머리에는 금빛이 빛나는 게 마치 보살 같았다
그가 암에 걸렸다는 얘기를 들었는데 사실이 아니라고 믿고 싶다
아버지는 따뜻한 분이셨다
그는 거의 대부분을 채소밭의 우물둔덕에서 보내셨다
물을 뽑아 대고 우물물에서 열기가 피어오른
순간은 그에겐 바로 허황이었다
그가 60세? 50세? 아니면 20세인지? 알 수 없었다
어머니는 거기에 쪼그리고 앉아 채소를 따고 벌레를 잡으시다가
시간이 흐르자 바람과 함께 집으로 가셨다

당신도 따스한 분, 어느 해인가 내가 집에서 상처를 치료할 때

벽의 호박꽃이 피어 있었다

당신은 일찍 옆집에 가셔서 쉽게 돈을 빌렸다

당신의 얼굴에 땀방울이 맺히며

사람들이 너무 좋아 라고 끊임없이 말했다

한 마리 양도 따뜻했다. 하늘이 어둑어둑해졌다

배부른 양이 여전히 풀을 뜯으며 출산을 준비하고 있다

팽창한 유방을 끌어와 젖을 짰다

그의 눈과 소리에는

일종의 심장과 간이 떨리는 뭔가가 있다

양의 입은 마치 단단한 침을 씹는 것처럼 영원히 뭔가를 씹고 있었다

몸을 숨기며

어느 해 어느 여름 어느 저녁인지 잊어버렸지만
태양이 땅속에 묻히고 강아지가 향로 탁자에 읍하자
정원엔 일종의 누르스름한 색깔이 나타났다
누군가가 날 작게 부르는 소리를 들었지만
사방을 둘러봐도 아무것도 찾지 못했다
이때 돼지우리의 호박꽃이 갑자기 활짝 피었다
꽃이 아주 커서 한 마리 풍류스러운 나방이 그 안으로 깊숙이 들어가
벗어나지 못하자 날개만 황급하고 분명하게
꽃의 내벽에서 파닥거렸는지
정원의 향기가 갑자기 짙어졌다
느릅나무 탁자, 홰나무 걸상, 질그릇 왕사발
붉게 칠한 젓가락이 자발적으로 정원에 놓여 있다
일찍이 황아장수를 했던 할아버지가 눈을 가늘게 뜨고 라디오를 듣고 계셨다
전족의 할머니는 컴컴한 방에서 수제비를 한 냄비 들고 나오셨다
평소 때처럼 우리는 저녁을 먹기 시작했다
난 머리를 파묻고 열심히 마시고 먹다가
고개를 들자 조부모 두 분이 갑자기 안 보이는 걸 발견했다
그러나 공중에서는 그들의 그릇이 흔들거리고
젓가락도 움직였고 그들의 소리는 물론
후르르 국 드시는 소리까지도 들렸다
난 마음이 조급해져 얼굴엔 온통 땀이 나도록 슬프게 울고 있었는데
두 분이 다시 갑자기 나타나셔서 자애로운 얼굴로 나를 바라보셨고

순간 난 의혹에 대해 부끄러워지기 시작했다

몇 년이 지난 후 조부모 두 분이 정말로 세상을 떠났을 때

난 어떤 슬픈 감정이 들지 않았다

시종일관 나는 두 분이 그때의 저녁식사 때처럼

몸을 숨기셨다가 또 다시 나타날 거라 생각하고 있었기 때문이다

그 오솔길

소머리 촌에서 옛 뽕나무 밭까지의 그 오솔길은

나에겐 너무나 많은 기억이 있다

어릴 적 나와 친구들은 거기서 미친 듯 뛰어다녔다

잠자리와 나비를 쫓아다녔고

나뭇가지로 말로 다 표현하지 못할 경직돼 죽은

꽃뱀과 쥐를 지고

소리치며 물속으로 던지거나

혹은 하선고何仙姑 집의 복숭아와 사과를 서리하다가

발각돼 그녀의 막말에 두부가 되도록 욕을 먹었다

길가에는 토지 사당이 있었는데

촌에서 사람이 죽으면 바로 거기서 종이를 태웠다

영혼을 보내며 "서남쪽"의 길에서

꿈속의 선녀를 기다렸었지만

선녀는 나타나지 않고

난 오히려 무서운 장면을 보았다

먹구름이 괴수처럼 이빨과 손톱을 드러내며 석양을 삼키자

난 벌벌 떨며 처음으로 생명의 연약함과 무력함을 느꼈다

유년의 전율을 느끼게 한 이 신비한 길에서

이미 놀란 적 있던 엄마가 소리치며 작은 생명을 받아 주셨다

부르는 소리에 나팔꽃이 피었고 허수아비가 움직였으며

그리고 이 길에서

성질이 안 좋은 깡패 벙어리가 여자 갓난아이를 주운 적이 있었는데

그때는 이른 아침이었다
그는 하룻밤 맥곡을 치고 뻣뻣한 수염에
목이 잠긴 수오리의 목청과
몹쓸 악귀가 환생한 모양으로
마치 누군가를 잡아먹으려는 모양새였다
그가 왜 둘러싸여 구경거리가 됐는지를 알게 되었다
약한 여자 갓난아이가 누군가에 의해 유기되었을 때
오히려 우리에게 천둥을 치듯 그 자리에 무릎을 꿇고
그 잔꽃 무늬의 강보를 받쳐 들었다
난 지금까지도 내가 한 번도 보지 못했던
그 눈빛을 여전히 기억하고 있다
희열과 온정, 성스러움이 암석과 수풀 속
두 눈에 그렁그렁한 신비한 샘물처럼 숨어 있었다

초청작—인도네시아의 시인들

꾼니 마스로한띠 — 에윗 바하르

꾼니 마스로한띠
Kunni Masrohanti

1974년 리아우 출생. 일간지 《리아우 포
스트》 기자. 2012년 루마순띵 예술단체
를 설립했고, 저서로 『기호』 『하나의 리아
우』 『계절이 바뀌다』 『리아우 문학의 태
양』 등 24편의 앤솔로지와 시집 『달의 여
인』이 있다. 2013년 리아우 진흥 여성재
단(PRBF)에서 예술 부문 여성 감독상,
2013년 리아우 주지사에게 전통 예술 수
호상, 2016년 사강 재단에서 기관상 등
을 수상했고, 현재 《사강》《로만사》《싱갈
랑》등 문예지에 작품을 발표하며 꾸준히 작
품 활동을 하고 있다.

바람이 전하는 안부
(Salam Angin)

희미한 바람의 안부 속에 담긴 너의 짧은 메시지에서
여전히 향기가 난다
집을 지키는 사람들
무성한 풀은 밀림에만 머물지 않고 강가와 집, 학교, 심지어 궁전의 마당에도
머물고 있다
오전 오후 내내 시원하게 불던 바람이 숨막힘에서 빠져 나온다
그러고는 강물에 침투해 상류에서 하류를 따라 강어귀와 바다 저 멀리 흐른다
산과 언덕, 계곡, 분화구에서 잠시 전율하다가 호숫가에서 방황하며 헤매다가
강가의 벼들 틈에서 춤을 춘다
그러고는 도심의 쓰레기와 폐기물을 견디지 못하고 썩어 버린다.

해변에서 맹그로브를 심느라
울라얏 땅*에서 종이를 심느라 분주한 사람들
함께 알로에를 어깨로 짊어지고 나르는 사람들
많은 이들이 퍼붓는 비난에도 아랑곳하지 않는 그들
내가 너희 땅에서 썩어 다른 땅으로 흐르지 못한다 해도
날 탓하지 말라

바람의 교구가 보내는 메시지 같은 너의 짧은 말이 진동하는 안부 속에 담겨 있다

---

* 울라얏 땅(tanah ulayat): 관습법에 따라 지역 사회가 개인에게 권한을 부여하는 땅. 권한을 받은 사람은 그 땅의 천연자원 역시 사용할 수 있다.

Salam Angin

kau sampaikan jua pesan singkat pada salam angin yang samar
masih wangi katamu
orang-orang masih menjaga rumahnya
rimbun tak hanya di tengah rimba, tapi juga di tepi-tepi sungai,
pelataran rumah, samping sekolah hingga halaman istana
semilirnya menyusur sepanjag pagi dan petang, keluar dari pekatnya
menyusup di sepanjang air di sungai , mengalir dari hulu ke hilir,
jauh hingga muara dan tengah samudera, menggigil di atas gunung dan
bukit di tengah lembah dan kawah, merayau hingga ke tepi-tepi danau,
menari di antara anak-anak padi di tepian kali atau menjadi hangat dan
busuk di tengah kota karena kalah oleh sampah dan limbah

orang-orang sibuk menanam bakau di tepi laut dan selat
mereka pula sibuk menanam kertas di tanah ulayat
yang lainnya pula sibuk mengusung gaharu ke banyak-banyak tempat
bebas tak bersekat
meski banyak yang menggugat dan menghujat
lalu jangan salahkan jika aku mulai sekarat di tanahmu dan berhenti
menyusur ke tanah yang lain

katamu seperti pesan singkat jamaah angin dalam salamnya yang
bergetar

근원의 이유
(Sebab Asal)

윤리에서 윤리로 헤엄치다가
가슴속에서 고귀한 신을 나는 발견한다
정의와 문명의 지팡이를 짚고 걸어가는
수많은 사람들을 나는 만난다.
그들은 흩어짐 없이 한 지점에 모여 있다
떨어지지 않으려 서로 꼭 붙들고 있다
결코 헛된 일이 아니리라
희망을 손바닥에 굳게 붙인 주먹이 바람을 손에 쥐고자 하는 것이 아니기에
곧게 선 성스러운 집게손가락이
낮지만 높은 곳을 향해 겸손히 절을 하는 것을 나는 본다
합의와 일치 속에서 함께하는 걸음들이
저 멀리 윤리 하나 하나를 응시한다
그리고 자랑스러운 우리 아이들의 미소를 나는 발견한다.
허리를 곧게 세우고 손으로 가슴을 탁탁 치는 아이들
우리가 바로 인도네시아에요
윤리에서 태어난 우리는 세상 모든 시선 앞에서 당당하답니다

Sebab Asa

berenang dari sila ke sila

kutemukan Tuhan begitu agung di dada

kujumpai berupa-rupa manusia yang berjalan dengan tongkat keadilan dan adab

di satu titik, berkumpul tanda tak lerai, bersambung tanda tak putus, terikat sebab tak lepas

tak sia-sia

sebab kepal tak menggenggam angin, kuat merekat ingin

kutemukan pula telunjuk-telunjuk suci tegak lurus yang bersujud rendah dalam ketinggian,

dalam mufakat dan sepakat, pada langkah-langkah lain yang seiring,

melalui perwakilan yang terjamin

jauh merenangi sila demi sila

kutemukan senyum anak-anak bangsa yang bangga

berdiri tegak, menepuk dada

akulah Indonesia

asalku bermula, kokoh dalam segala sila, kuat di hadapan segala mata

멀라유 소녀
(Gadis Melayu)

왜 내가 어둠 밑동에 창문을 닫는지 얼굴을 씻은 후 몸을 가리는지 코란을 한 구절 한 구절 정성스레 읽는지 입 속에 밥을 넣을 때면 문 앞에 앉지 않는지 묻지 마세요

왜냐면 그의 눈에 난 해의 청혼을 받아 아침마다 이슬이 신나게 얼굴을 핥아 준 히비스커스* 꽃이기 때문이니까요

왜 내가 머리에 슬렌당**을 두르고 무릎과 허벅지 사이에서 찰랑이는 끄바야***를 입고 신발로 맨발을 가리며 걷고 코란을 가슴에 품고 있을까요

나중에 이슬람 종교 선생이 되기 위해서 헌금과 타락한 돈을 구별하는 법을 알기 위해서 정리정돈을 잘하기 위해서 가난한 제 처지를 잘 알기 위해서 자존심을 지키기 위해서 분노를 언제 쏟아낼지 알기 위해서일까요

그게 아니에요.

왜 나는 검은 물의 개천이나 연못에서 뛰어들어 헤엄치다가도 물놀이 하고 싶은 마음을 참고 해가 높이 뜨면 서둘러 집에 와야 할까요

왜 나는 웃을 때 입을 가려야 하고 남자를 쳐다보고 말하면 안 될까요

입 밖으로 나온 적이 없는 그 대답은 결코 들을 수 없겠지요

내 나라는 지혜로운 소녀들이 사는 아름다운 나라예요 소녀들은 서둘러 집에 가서 해가 지기 전에 모든 창문과 대문을 닫고 위엄을 지니면서도 작은 것에 만족할 줄 알지요.

---

*말레이시아 국화로, 중국 무궁화 혹은 하와이 무궁화라고도 불린다.
**무슬림 여성들이 스카프처럼 머리, 목 또는 어깨에 두르는 긴 천.
***인도네시아 여성의 전통 상의

Gadis Melayu

jangan tanya mengapa kututup tingkap di pangkal gelap, membasuh muka menutup aurat, membaca ayat demi ayat, atau tidak duduk di depan pintu saat nasi tersuap

sebab di matanya aku adalah subuh dipinang matahari,

bunga sepatu yang riang dijilat embun setiap pagi

mengapa selendang berselempang di kepala, baju kebaya menjuntai antara lutut dan paha,

jalan kaki dengan kasut dan Alquran terpeluk di dada

apakah agar kelak aku menjadi ustazah, atau tahu memilah antara sedekah dan rasuah

pandai berbenah, tahu diri sebagai orang susah, menjaga marwah, faham kapan harus mengumbar amarah kapan pula harus menyergah

bukan

mengapa aku harus pulang cepat-cepat kala matahari meninggi padahal aku masih ingin terjun, berenang dan bermain-main dalam parit atau kolam berair hitam

mengapa aku harus menutup mulut saat tertawa, tak asal jeling dan bicara pada setiap pria

tiada jawab sebab itu takkan terucap

tanahku

elok negeri gadis berbudi

segera pulang, menutup pintu dan tingkap sebelum senja dijemput gelap

   bijak, berwibawa, tahu berpada-pada

에윗 바하르
Ewith Bahar

1974년 출생, 인도네시아 크리스찬대학교에서 문학을 전공했다. 고교 시절부터 라디오 대본 작가, 《비스타》 《가디스》誌 등에서 음악 칼럼니스트, 여러 방송사에서 방송 작가로 활동했다. 현재 방송국에서 근무하며 편집자로도 활동한다. 시집으로 『내면의 세레나데』 『화성과 금성』 『끼둥 까워다렌』, 단편집으로 『7일간의 사랑』, 장편소설 『피렌체에서 자카르타』 등이 있다.

라이든의 어느 야윈 남자
(SEORANG LELAKI KURUS di LEIDEN)

라이든에서
어느 야윈 남자가 마법을 적는다
마법은 탑이 되었다가 운하가 되었다가 이름으로 가득 찬 추억이 되었다가
그의 손가락에서 철퍼덕 파도치는 소리를 낸다
보들레르, 릴케, 네루다가
균형의 역사가 진 빚을 갚았으나
그의 눈에는 고독함이 가득하다

미우르크디흐튼……
잿빛 벽에 그려진 상대성의 세상
그곳에서 에바와니*는 '나'를 낭독한다
움푹 팬 양 볼에
배 없는 작은 강 두 개가 새겨진다
그리곤 돌로 허물어지는 것이 있다
우울한 잔재가 가슴을 저민다

———

* 에바와니Evawani는 인도네시아의 유명한 시인 하이릴 안와르Chairil Anwar의 딸이며 '나(Aku)'
는 하이릴 안와르의 대표시이다.

SEORANG LELAKI KURUS di LEIDEN

Di Leiden,

seoranglelakikurusmenulissihir

menjelmamenara,kanal,danmemoripenuhnama

pada jemarinya itu samudera berdebur

dengan gemuruh yang terdengar sampai jauh

betapa dalam kesunyian di ruang matanya

kendati Baudelaire, Rilke dan Neruda

kini telah menutup jarak yang menganga:

equalitas, pengimpas sebuah sejarah

Muurgedichten....

dunianisbipadatembokabu-abu

disituEvawani**membaca"AKU"

menciptakanduasungaikeciltanpaperahu

padasepasangpipiyangbeku

laluadayangruntuhkebatu:

puing-puing melankoli rasa haru.

---

* Evawani (Evawani Alisa) adalah nama putri tunggal Chairil Anwar.

시비셋 병원에서 어느 오후
(PETANG DI CIBIZET)

시비셋 병원에서 어느 축축한 오후에
코란을 읽는 성스러운 소리가
고요한 벽을 타고 흐른다

가장 매서운 시의 찢어진 조각 하나 하나를 지키다가
마침내 그를 포기한 육신으로부터 떨어져 나온 영혼이
홀에 둥둥 떠다닌다

그에게 더 놀라운 것은 없다
쏜살같이 달리다가
돌연히 길게 찍찍 소리를 내고 멈춰 버리는 시간 말고는
차가운 복도를 가득 메운 시간의 메아리
이십육 년 구 개월 그리고 열하루
애 없는 홀아비가 된 지 벌써 삼 개월
루스메이니는 아직도 소풍 갈 날만 기다린다
교정 중인 시들이 수북하다
허나 무엇을 하겠는가
따나 아방의 한 귀퉁이에서 그가 오기만을
기다리는 자가 있는데

PETANG DI CIBIZET

Pada petang lembab di cibizet
ada suara mengaji bagai suita syahdu
mengucur dari dinding kesunyian

ruh yang mengambang di tengah ruang
baru saja munggah dari jasad yang akhirnya menyerah
setelah mempertahankan sesobek sajak paling beringas

Sungguh tak ada yang lebih mengejutkan baginya
selain hidup yang terasa terlalu laju
lalu mendadak berhenti dengan decit panjang
menggaung di sepanjang lorong yang dingin
dua puluh enam tahun sembilan bulan sebelas hari
baru tiga bulan jadi duda kembang
dan Roosmeini tengah menunggu janji pelesir
segugus sajak pun masih centang perenang
tapi apa boleh buat,
sebuah rendezvous di sudut tanabang
menantinya pulang.

---

* Diilhami kematian Sang Pujangga Besar Indonesia, Chairil Anwar.

당신은 어디에 계십니까?
(KAU DI MANA?)

당신은 어디에 계십니까?
하늘이 주저앉고 땅이 꿇어 가는 이때에
정상적인 삶이 비정상으로 되어 가는 이때에
사람들이 괴이한 것에 적응하느라 분주할 때
당신이 하는 말은 그저,
내버려두어라!

노쇠해 가는 세상이
새로운 가치와 규범의 신발을 신고
환상이라는 이름을 가진 반도半島를 향해
휘청거리며 걷는다
알라신을 터무니없는 신의 자리에 앉히고
종교를 위선적인 집단의 옷이라 여기며
종교를 버리는 것을 개방이라 말하는 곳을 향해

당신은 어디에 계십니까
마침내 부조리가 사방에 퍼져 가고
자식이 어미를 고소해 감옥에 보내고
학생이 꽃병 속 바퀴벌레 죽이듯 친구를 죽이는데도
당신은 그저 고요히, 아무런 관심도 없는 양 있습니까
지혜가 유행 지난 게임처럼 낡은 개념이 되고
신앙이 시대와 맞지 않는 것이 되니

아이들이 저속함에 길들여지는 것이 당연한 일 아니겠는가 하는 말 뿐입니까

괴상한 것이 현대성의 표상이 되어 가고
종교를 따르는 이들의 목덜미가 베어져 나가며
인간성이 실패한 상품으로 주저앉은 이때에
당신은…… 어디-에-계십니까?

KAU DI MANA?

Kau dimana

ketika langit jatuh, bumi memar

kehidupan normal terasa kurang ajar

orang-orang sibuk beradaptasi pada ketaklaziman, dan kau bilang:

Biar!

Dunia yang pikun serta renta

tertatih dalam sepatu norma dan nilai baru

menuju jazirah bernama berantah

di mana Tuhan telah dibaiat sebagai dzat absurd

agama dianggap baju kaum hipokrit

melepaskan agama dianggap keterbukaan

Kau di mana

ketika akhirnya absurditas merajalela ke segala penjuru

anak menggugat ibu kandung ke penjara

murid sekolah membunuh teman

seperti memampuskan kecoa di jamban

dan kau masih tenang-tenang, seakan tak ada yang alpa dan terlupa

padahal telah sekian lama kau yakini

spirit ilahiyah cuma konsep usang bagai permainan

yang kadaluarsa tak sesuai zaman

pantas saja anak-anak tumbuh menjadi sekuler yang liar

terbiasa dengan segala yang banal

karena menjadi alim katanya tak kekinian

Kau.... d-i- m-a-n-a?

ketika ketaklaziman kini menjadi representasi modernitas

dan leher religiusitas dipenggal,

sehingga peradaban yang humanis teronggok sebagai produk gagal.